D1349362

TRENTE-SIX PETITS CIGARES

Nicolas Fauteux

TRENTE-SIX PETITS CIGARES

Un roman érotique et cruel

vlb éditeur

VLB ÉDITEUR
Une division du groupe Ville-Marie Littérature
1010, rue de la Gauchetière Est
Montréal, Québec H2L 2N5
Tél.: (514) 523-1182
Téléc.: (514) 282-7530
Courrier électronique: vml@sogides.com

Photo de la couverture: *Young lady with a cigar,* Nino Mascardi, Image Bank

Données de catalogage avant publication (Canada)
Fauteux, Nicolas, 1962-
    Trente-six petits cigares
    (Collection Roman)
    ISBN 2-89005-686-4
    I. Titre.
PS8561.A927T73   1998   C843'.54   C98-940839-6
PS9561.A927T73   1998
PQ3919.2.F38T73   1998

DISTRIBUTEURS EXCLUSIFS:

• Pour le Québec, le Canada
et les États-Unis:
LES MESSAGERIES ADP*
955, rue Amherst
Montréal, Québec
H2L 3K4
Tél.: (514) 523-1182
Téléc.: (514) 939-0406
* Filiale de Sogides ltée

• Pour la Belgique et le Luxembourg:
PRESSES DE BELGIQUE S.A.
Boulevard de l'Europe, 117
B-1301 Wavre
Tél.: (010) 42-03-20
Téléc.: (010) 41-20-24

• Pour la Suisse:
DIFFUSION: ACCÈS-DIRECT SA
Case Postale 69 - 1701 Fribourg - Suisse
Tél.: (41-26) 460-80-60
Téléc.: (41-26) 460-80-68
DISTRIBUTION: OLF SA
Z.I. 3, Corminbœuf
Case Postale 1061, CH-1701 Fribourg
Commandes: Tél.: (41-26) 467-53-33
                Téléc.: (41-26) 467-54-66

• Pour la France:
D.E.Q.
30, rue Gay Lussac, 75005 Paris
Tél.: 01 43 54 49 02
Téléc.: 01 43 54 39 15
Courrier électronique: liquebec@imaginet.fr

© VLB ÉDITEUR et Nicolas Fauteux, 1998
Dépôt légal: 3ᵉ trimestre 1998
Bibliothèque nationale du Québec
Bibliothèque nationale du Canada
ISBN 2-89005-686-4

VILLE DE MONTREAL

3 2777 0224 8824 6

Merci à Brigitte Sauriol de m'avoir appris la valeur de l'effort et du travail bien fait, sans lesquels l'entreprise de ce roman eût été impossible.

Merci aussi à Johanne, Guy, Louise, Samia, Patricia, Alain, Jean-Paul, Guylaine, Chantal et Élizabeth de m'avoir servi de cobayes en lisant les premières versions de cette œuvre.

Finalement, un merci très spécial à Serge Grenier de m'avoir encouragé et éclairé lors de l'élaboration finale du manuscrit.

PREMIÈRE PARTIE

Chapitre premier

*Où on voit la vie par les yeux d'un tatoueur,
à son réveil...*
(2 juin; 11 h 11)

Trois mouches baisent sur un briquet. Près des cadavres de *Fin du monde* et des forteresses de verres sales; au pied de la colline de mégots dans le cendrier. Quelques autres volent en accéléré au-dessus des libertines. Elles se posent, çà et là, pour festoyer sur des météorites d'aliments anciens et des lacs pétrifiés de nectars sucrés et multicolores.

À travers les vitres encrassées de mon réveil, toute cette activité entomologique et ces ruines des nuits passées ressemblent à la maquette d'une ville mythique et décadente, construite sur la tranche d'un étron géant.

En tout cas, c'est l'image qui me vient en regardant, de mon lit, la table basse en ébène au centre de mon loft.

Je ferme les yeux un instant, je me laisse emporter par une étrange stéréophonie, bariolé par le *zzzz* chaotique des insectes: de l'oreille gauche, j'entends par la fenêtre les rumeurs motorisées de la rue et les pépiements vulgaires des passants; par l'oriel sur ma droite, je capte les mélodies amères d'une colonie de moineaux qui se disputent l'arbre de la cour.

Lève-moi et marche... Je me convaincs de traverser le loft jusqu'aux toilettes pour soulager ma pénible érection matinale. Chemin faisant, je m'arrête devant la chaîne stéréo et appuie négligemment sur quelques boutons. Jimmy Hendrix entame les premières notes de *Hear my train a comin'*...

Flottant dans la cuvette jaunie, un condom usé m'accueille. Il coule au fond sous la pression dorée de mon urine nocturne: zeppelin aquatique de mes désirs.

Je pense à la pute avec qui je m'en suis servi la veille au soir. Vingt-deux ans qu'elle avait, mais on aurait pu lui en donner quarante-sept. Elle me promettait le septième ciel pour cent dollars. Disons que ses cieux n'étaient pas très élevés... Son cœur n'y était pas trop et, à en juger par les marques mauves et croûtées sur ses bras, sa tête y était encore moins. C'était divertissant quand même... Elle m'a bouffé la queue pendant que défilaient à la télé les images d'un film porno illicite: trois jeunes filles avec un âne. La prostituée fermait les yeux; moi, je les avais grands ouverts.

«*Tears burning me down in my soul...*», lance Jimmy par les haut-parleurs, juste avant d'entamer un solo démentiel. J'actionne la chasse d'eau; le zeppelin disparaît dans un gargouillis obscène et entraîne avec lui mon insouciance.

Encore quelques pas avant d'accéder à la clé de mon réveil, cachée derrière la paroi en blocs de verre qui entoure la cuisine; juste là, sur le comptoir: la machine à *espresso*. Le bruit de son moteur me fait chaque fois penser à mon pistolet à tatouer. Au *buzz* électrique qu'il fait en perçant la peau suintante de gouttelettes de sang teintées d'encre. Des gouttelettes noires comme celles que crache péniblement la cafetière mécanique.

C'est bon de faire de l'art sur la peau des autres, avec des aiguilles et de l'encre. De l'art qui ne les quittera qu'avec leur âme. C'est bon quand ils viennent dans ma boutique et m'offrent leurs corps pour dessiner. C'est bon de donner de la douleur désirée...

Le carillon de la cuiller dans ma tasse est souligné par le bip de ma montre... Onze heures trente... Il faut que j'ouvre mon commerce dans une heure et demie. Ça me donne amplement le temps de siroter mon goudron colombien, de me laver, de me raser et de franchir les deux coins de rue qui me séparent de ma boutique de tatouage, que j'ai nommée *Tout tatoué*. Malheureusement, peu de mes clients se sont rendu compte du calembour.

Ce n'est pas grave. L'essentiel, c'est qu'ils me payent deux cents dollars l'heure pour mon travail d'artiste renommé.

Je retourne vers la «section salon» pour sortir sur la terrasse en bois qui surplombe la cour et la ruelle. J'en profite pour ramasser un mégot de joint dans le cendrier, en essayant de ne pas trop regarder le bordel qui règne chez moi. Je rangerai tout ça... Bientôt... Ou j'engagerai quelqu'un pour le faire. Ça coûterait moins cher qu'une pute, et ça me ferait autant de bien... Peut-être même plus.

Je jette malgré tout un coup d'œil à travers la pièce: une douzaine de mannequins couverts de graffitis, dispersés dans le loft dans des poses soumises ou en paquets orgiaques, semblent m'approuver. Comme toujours.

Depuis ma chaise longue dans un coin de la terrasse, j'observe les volutes grises du haschich dessiner des fresques fractales sous la coupole du parasol. Je ne sais pas pourquoi, je ressens de la chaleur dans mon scrotum en pensant à un appel que j'ai reçu hier. Un appel d'une femme que j'ai connue quand elle n'en était pas encore une. La fille d'un psychiatre réputé.

Ça m'a ramené loin en arrière, à l'époque de mes vingt ans. Elle n'en avait que douze, mais possédait déjà les atouts d'une belle salope (en plus d'une hâte certaine de s'en servir). À l'époque, j'en étais venu à la conclusion fort simple que son étonnante précocité était reliée au fait que sa mère était morte à sa naissance et que son père n'était pas souvent à la maison: elle avait donc dû apprendre très tôt à voler de ses propres ailes.

Elle m'avait complètement séduit, pour ne pas dire ensorcelé: ce fut peut-être la seule fois que j'ai cru être en amour, sans même avoir baisé la fille, juste à lui tenir la main et à échanger des paroles en gélatine sucrée. On s'est agacés pendant des mois, à se frotter l'allumette sans y mettre le feu.

Puis arriva enfin le jour de consommer notre passion. Nous nous étions rendus à l'appartement de son père, tout près de son école. Nous nous sommes abreuvés l'un de l'autre jusqu'à en être soûls, sans jamais étancher notre soif; ces caresses, aujourd'hui banales, étaient un nouvel Eldorado des sens, nous avions des pépites d'or plein nos culottes.

Mais, au moment de la posséder, juste comme je découvrais la merveilleuse sensation d'enfoncer mon gland dans son feuillage immaculé... Coup de tonnerre! la porte de la chambre s'est ouverte avec fracas: son père!

Écarlate, il s'est avancé vers nous tel l'Abraham animé par la colère divine des pires passages de l'Ancien Testament.

Il m'a arraché du lit et lancé contre le mur comme si j'étais un oreiller infesté de vermine. J'en ai perdu le souffle. Je me sentais paralysé, contrairement au père outré. Il s'est rué sur moi en vociférant, m'a agrippé les épaules pour me tenir en place et il a remonté le genou violemment entre mes jambes... Une nausée chaude m'a inondé le corps comme une marée insupportable. Je me suis senti tomber, j'ai vu le plancher sauter vers mon visage.

Ce dont je me souviens ensuite, c'est de m'être réveillé à l'hôpital. J'y ai passé trois semaines, et j'ai gardé des séquelles de la raclée pendant quatre ans... Il avait continué de me cogner un peu partout après que je fus tombé dans les pommes, puis il avait battu sa fille. Ce sont des voisins indiscrets qui ont alerté la police, à cause des cris.

Pour ce qui est de la petite, j'ai appris qu'elle avait été retirée de l'école et qu'une injonction m'interdisait de la revoir. Les ragots supposaient que son père l'enfermait dans sa chambre parce qu'il la prenait pour une débauchée irrécupérable, ou quelque chose comme ça. J'ai pensé à elle longtemps (parfois, j'en rêve encore en me masturbant), mais je n'en ai plus jamais eu de nouvelles, jusqu'à cet appel d'hier...

Quand j'ai reconnu sa voix, mon cœur s'est mis à battre d'une drôle de façon. Presque une imitation de ce que j'avais ressenti pour elle, avant la raclée de son père.

Elle m'appelait pour que je lui fasse un tatouage, comme ça, tout simplement. Elle va venir tout à l'heure, à l'ouverture; elle ne veut pas d'autres clients dans la boutique. Ce ne sera pas un problème.

J'ai vraiment hâte; j'aimerais bien pouvoir finir ce qu'on avait commencé... J'absorberais les fluides de son cul avec le zèle d'une éponge desséchée. Je m'enfermerais avec elle pendant des semaines dans le velours narcotique de la baise passionnée. Mais il ne faut pas que je le lui montre trop... Pas cette fois-ci...

Juste au-dessus de moi, dans les branches de l'arbre de la cour, les moineaux continuent leurs piaillements hystériques. Il faut que je pense à leur servir un petit mélange de miettes de pain et d'insecticide.

CHAPITRE 2

Où l'on chausse les souliers
d'un autre personnage masculin, à son lieu de travail...
(2 juin; midi)

Seize mille dollars de profit cette semaine... C'est pas le Pérou! Et en plus, il a fallu que je fasse malmener deux clients qui, depuis trop longtemps, se disaient fauchés: un pouce cassé aide toujours les gens à mettre la main sur des ressources insoupçonnées. Quand ça ne suffit pas (ça arrive en moyenne une fois par mois), je leur fais casser quelque chose de plus douloureux, ou violer leur femme devant eux. Dans certains cas, par principe, il faut envisager un irréversible et pénible transit vers l'au-delà. Mais c'est très rare, contrairement à ce que racontent les histoires à la télévision... Car en plus d'être risqué, ça ne paie guère.

Toujours est-il que c'est parfois inévitable quand on a choisi de tenir une entreprise de paris illégaux. Je n'admets que des bourgeois dans mon club, et malgré cela, il faut toujours qu'il y en ait quelques-uns qui me causent du souci. Que voulez-vous, ça fait partie du jeu. Un jeu où ils ne peuvent que perdre...

Par ailleurs, ce qui me comblerait en ce moment, ce serait plus d'événements qui stimulent la passion du jeu de ma clientèle. Heureusement, il y aura le Grand Prix international de course automobile dans deux semaines, ça fera augmenter les paris. Les affaires aussi pourront rouler à tombeau ouvert... Parce que, pour l'instant, en face de moi, le tableau vert quadrillé ne déborde pas d'inscriptions: à part quelques demi-finales de hockey, un peu de base-ball et quelques tournois de soccer, rien de très excitant. Et ce n'est pas pour ça que ma distinguée clientèle va cracher ses millions!

J'en sais quelque chose, je pratique avec minutie mon métier depuis trente-cinq ans. J'ai accumulé une fortune, et j'en ai sûrement dépensé autant. Je ne me suis jamais fait prendre, parce que je n'oublie jamais de soigner mes relations et de graisser généreusement la patte aux policiers, fonctionnaires, inspecteurs, amis de la moralité et autres empêcheurs de tourner en rond.

Je mène mes opérations dans l'arrière-boutique de ma «façade»: un commerce de fleuriste sur une belle avenue marchande. Ça me permet aussi de blanchir une partie de mes revenus illégaux. J'ai plein de factures aux noms de mes clients parieurs pour douze douzaines de roses, ou des forêts de rhododendrons, marquées «pour livraison à domicile». Des végétaux qui ne se sont jamais rendus à destination pour la bonne raison qu'ils n'ont jamais existé.

À ma droite, encastrés dans le mur, huit téléviseurs diffusent des matchs, des compétitions et des résultats sportifs internationaux captés par satellite... Devant moi, sur le spacieux bureau, un livre aux pages bleues lignées, avec les codes d'identification des parieurs, leurs marges de crédit, les détails de leurs paris, les entrées et les sorties, les comptes à recevoir, etc. Il y a aussi des piles de journaux, de magazines, de statistiques.

Derrière moi, un comptoir fixé au mur avec un ordinateur, une imprimante et tout le bataclan électronique; en dessous, des tiroirs à filière qui contiennent tous mes dossiers, méticuleusement rangés. À ma gauche, une fenêtre à barreaux avec vitre pare-balles teintée et vue sur la ruelle. C'est ici que je me fais presque un million et demi par année, sans compter le cent cinquante mille dollars légitimes provenant des ventes de ma boutique de fleuriste.

Au fait, parlant de fleurs, il me semble qu'un bouquet serait du plus bel effet sur le coffre-fort, au fond. Je traverse la pièce; j'ouvre la porte du bureau; je longe le corridor en L qui sert d'entrepôt. Au bout, une portière de billes en bois sert de frontière au magasin, où mon employé, un géant au regard doux, à la main de fer et au pouce vert, sert un client qui hésite entre deux plantes de caoutchouc.

Sans dire un mot, je me rends au réfrigérateur à fleurs. Je prends une demi-douzaine de roses bleues — une nouveauté de la botanique génétique. Tandis que le client médite sur son choix de végétaux, le géant s'approche de moi et me chuchote presque discrètement une information:

«Votre ami américain, celui avec le grand chapeau... Il a appelé un peu avant que vous arriviez. Il sera ici dans quelques minutes avec quelque chose qui, d'après lui, va vous faire très plaisir!»

Mon ami américain! Quelle bonne nouvelle! Si j'assouvis la passion pour le jeu de mes clients, lui, il assouvit ma passion à moi: les reliques archéologiques, l'art très ancien. J'en ai plein chez moi. Un vrai musée de pièces rares d'Amérique du Sud, de Chine, d'Afrique du Nord, de Turquie, d'Inde, d'Europe... Et voilà des mois que l'Américain me promet monts et merveilles de fouilles menées secrètement en Bretagne sur un site sacré des Celtes, vieux de deux mille ans.

J'échevelle les roses bleues dans un vase de cristal. Le fax crachote et caquette: un de mes bons clients m'envoie ses paris pour la semaine. Vingt-cinq mille dollars répartis sur une demi-douzaine d'événements. Pas si mal, surtout que c'est un client beaucoup plus riche que chanceux. Et il n'est pas le seul. Le père de ma femme, un psychiatre veuf, était comme ça aussi. Sauf qu'à un certain moment, à force de parier et de perdre, il était devenu plus pauvre que malchanceux, et me devait un beau paquet...

Alors, pour éviter les ennuis qui lui pendaient au nez, il a accepté de me donner la main de sa fille de dix-neuf ans — toute belle, toute menue, étrange et soumise — contre l'annulation de ses dettes et un crédit ouvert de cinq mille dollars par mois. J'ai été surpris de le voir me «vendre» sa fille comme on solde une vieille voiture, et étonné qu'elle accepte docilement. Pourtant, ça fait sept ans (et une enfant) qu'on est ensemble, sans trop de problèmes.

Je pense qu'elle avait simplement hâte de quitter la maison et elle savait que je pouvais lui payer tout ce qu'elle désirait. Chacun y trouvait son compte. Moi plus que les autres: mon beau-père est mort d'une overdose de somnifères six mois après les noces... Une belle économie! La vie est si douce, parfois...

Quoique… Après la mort de son père, ma femme est devenue plutôt farouche et, pendant une brève période, elle sous-entendait presque qu'elle aurait voulu mettre fin à notre mariage.

Il a fallu que je la corrige: un beau soir, je l'ai attrapée par les cheveux et je lui ai planté un revolver dans la bouche. Je lui ai fait comprendre, grâce à de nombreux exemples et détails descriptifs, les graves conséquences auxquelles elle s'exposait si elle songeait à me quitter ou me trahissait de quelque façon que ce soit.

Depuis, tout va comme sur des roulettes. Évidemment, pour être plus sûr, je me fais un devoir de lui rappeler les siens à l'occasion; parfois (pour varier), avec quelques coups plutôt qu'avec des mots ou la menace d'une arme à feu.

Que voulez-vous? C'est comme ça, les femmes: elles ont toujours besoin d'un peu d'attention…

⌣

Une lumière rouge clignote au-dessus de la porte et me tire de ma rêverie: on sonne à l'arrière. Mon ami américain! Je m'empresse de le faire entrer et je lui donne une accolade bien sentie. On dirait que son Stetson est plus grand à chaque fois; on dirait qu'il a cinquante-six dents quand il sourit et m'adresse débonnairement la parole:

«*Hey! What's cookin'? Always bookin'?*

— Comme tu vois! Entre! Je te sers un scotch? Alors? Qu'est-ce que tu m'apportes?

— *Something real cool!*»

Pendant que je verse l'alcool, il pose sa mallette sur le bureau et en sort une boîte en cuir noir, à peine plus grosse qu'une balle de baseball. Il l'ouvre et en extrait un genre de petite sphère angulaire en cuivre, apparemment très ancienne. Une boule martelée ou moulée, avec douze faces en forme de pentagramme, gravées chacune d'un symbole celtique. À chaque coin de l'objet, il y a une toute petite protubérance sculptée qui ressemble à une tête de serpent. Je donne son verre à mon ami et je saisis la chose avec nervosité. Comme elle est lourde! Je crois que je sais ce que c'est!

«Un dodécaèdre druidique?

— *Yeah! One of these magic Celtic dices with twelve sides!* Premier siècle *before Jesus!* Il aurait appartenu à un *very powerful druid,* qui l'a enterré pour pas qu'il tombe entre les mains des Romains.

— Tu te rends compte de ce que cet objet représentait pour eux? L'univers entier; la synthèse totale du temps et de l'espace. Ça permettait non seulement de connaître l'avenir mais aussi de commander à la vie elle-même.

— *Well! I'm glad you like it!* me dit l'Américain sur un ton détaché avant d'avaler son scotch d'un trait. *Fifty thousand...* et il est à toi!»

Les yeux rivés sur le dodécaèdre, j'ouvre le coffre pour en sortir cinq paquets de billets de cent dollars que l'Américain ramasse nonchalamment. Je fais rouler l'objet sur les papiers de mon bureau. Il s'arrête après deux ou trois rotations pesantes. Sur la face du dé qui est au sommet, on distingue un triangle usé. Je me pose une question à voix basse:

«Hum? Qu'est-ce que ça peut bien vouloir dire?

— *I dunno!* me répond l'Américain comme si la question s'adressait à lui. *Maybe you'll find out soon!* Les jeux sont faits...

— Rien ne va plus!»

CHAPITRE 3

Où on découvre une jeune femme
qui se livre à certaines activités à l'insu de son mari
(qu'on vient justement de rencontrer)...
(2 juin; 12 h 57)

Quatre nubicules parfumés d'héliotrope mauve et de lotus vivent leur courte vie entre l'atomiseur et mon cou. J'ajuste une mèche de cheveux en faisant une moue dans le rétroviseur; je retire la grosse bague sertie de diamants de mon annulaire et je tire sur mon chemisier pour qu'il moule bien mes seins.

J'ai des papillons dans l'estomac et des fourmis dans les jambes — peut-être aussi une araignée au plafond. C'est le trac. Dans quelques minutes, ça ira sûrement beaucoup mieux. Déjà, ça augure plutôt bien: j'ai trouvé une belle place pour ma BMW, à deux pas de la boutique *Tout tatoué* (quel mauvais jeu de mots!)...

J'ai eu tout un choc, il y a un an, en lisant dans un magazine un article élogieux sur ce commerce. Quand j'ai vu la photo du propriétaire, je l'ai tout de suite reconnu! C'était mon amour d'adolescence: celui que papa avait battu; celui à qui je voulais donner ma virginité!

Après le drame qui nous a séparés, ma vie a chaviré sans trop que je m'en aperçoive... C'est en voyant sa photo que l'étendue du naufrage m'est apparue d'un coup, sans que je puisse résister à la résurgence de tous les détails que je préférais faire semblant d'oublier: les médicaments que papa me forçait à prendre, ses abus verbaux... puis physiques. Sa domination cruelle. Je n'étais plus sa petite fille, je n'étais qu'un objet sali, qu'il a fini par vendre au serpent qui me retient prisonnière.

Au moment de cette prise de conscience, je me suis sentie mal à l'aise. Puis, le brouillard s'est dissipé tranquillement et une nouvelle réalité m'est apparue.

Ça m'a donné plein d'idées, dont celle de me faire tatouer par cet homme resurgi du passé. Ce sera mon premier tatouage, et cela me paraît une étape presque aussi importante que de sacrifier son hymen: il y a donc une certaine logique à ce que ça soit lui qui me le fasse. Bien qu'en réalité j'ai besoin de beaucoup plus qu'un tatouage... Beaucoup plus... Et je vais en retirer plus que du plaisir... Beaucoup plus...

J'extirpe de mon sac un peu de monnaie pour la gourmandise du parcomètre. Ça me donne deux heures, juste assez de temps. Je dois aller chercher ma fille à l'école vers trois heures et demie. Je dois maintenir toutes les apparences d'une bonne épouse et d'une bonne mère, comme je l'ai toujours fait. Il faut bien que la petite famille soit heureuse; qu'elle continue de croire que je lui suis entièrement dévouée et ne vis que pour la satisfaire.

⟜

C'est ici! Une vitrine sale avec des lettres peintes en rouge et jaune. Je pousse la porte vitrée et me retrouve seule dans une petite salle d'attente. Les murs sont couverts de dessins et de photos de tatouages de toutes sortes, qui informent les clients quant aux sgraffites qu'ils pourraient avoir l'audace de faire empreindre dans leur peau.

Le centre est occupé par deux bancs d'église en bois, placés dos à dos; sur la gauche, un comptoir vitré sur lequel sont posés une caisse enregistreuse, un téléphone et des magazines sur le tatouage illustrés de motards extatiques.

Ah! Je perçois du mouvement au-delà d'une grande porte ouverte, au fond à droite. Par l'embrasure, je devine une grande pièce blanche remplie de miroirs, avec des tables couvertes de machins et de bouteilles. J'appelle doucement:

«Ohé! Y a quelqu'un?»

Le voilà! Il n'a pas tellement changé: toujours beau bonhomme, bien qu'un peu plus usé. Il sort de la pièce en se dandinant vers moi. Il me regarde de haut en bas en s'essuyant les mains dans une petite serviette. Il a l'air absent, perdu dans des émotions ambivalentes. L'ambiance est délicieusement malsaine. Il hésite, puis me lance:

«Ça fait longtemps...

— Très...

— T'es venue pour un tatouage?»

Je sors une feuille de la poche avant de ma jupe. Un dessin que j'ai fait d'une roue de fortune. Une roue de fortune bien particulière que j'ai vue clairement en rêve, il y a quelques mois: jaune, avec trois rayons bleus, comme un signe de Mercedes à l'envers. Au-dessus de la roue, un sphinx bleu aux ailes rouges, couronné d'or, qui brandit une épée. Sur le côté droit, un singe noir, la tête en bas. Le milieu de son corps est caché par une espèce de jupe rigide faite de trois pans rectangulaires, un bleu entre deux rouges. À gauche, un chien jaune, les oreilles attachées, habillé d'une veste bleue à queue rouge, qui semble monter vers le sphinx.

Dans mon rêve, une sorcière me montrait un dessin de cette roue sur un vieux parchemin, en me disant que si on le reproduisait sur mon corps à un certain endroit, je pourrais contrôler mon destin. Je deviendrais le sphinx qui domine la roue; mes ennemis seraient ce singe précipité vers l'enfer, et mes serviteurs fidèles, le chien qui fera tout pour me rejoindre sans jamais m'atteindre au sommet. Je l'ai reproduit tout de suite après m'être réveillée.

Ayant examiné le dessin quelques secondes, le tatoueur lève un regard intrigué vers moi et me demande:

«Où est-ce que tu veux ça?»

Dans l'espace entre mon pubis et mon nombril, je dessine un large cercle avec mon index, par-dessus mes vêtements. Je vois une petite lueur s'allumer dans les yeux du tatoueur. Il tente de réprimer un petit sourire en coin, et prend une grande respiration.

«Est-ce que tu t'es rasée pour le tatouage?
— Partout.»

Je ne le lâche pas des yeux. Je commence à sentir une tension entre nous deux... Ses joues deviennent subitement rosâtres. Mais il ne bronche pas.

«Ça va prendre deux séances, la deuxième dans trois semaines. Sept cents dollars. On peut commencer tout de suite, tout est prêt... Assieds-toi là, je vais verrouiller la porte.

D'un geste de la tête, il m'indique la chaise de barbier noire qui trône au centre de la pièce blanche près d'un petit chariot de chirurgien, chargé de flacons, de pulvérisateurs, de tubes en métal, d'aiguilles enveloppées dans du papier de soie... Il y a aussi un machin qui ressemble à un outil de pyrogravure et qui, de toute évidence, va servir à faire le tatouage.

Je me sens fébrile. J'entends le tatoueur jouer avec deux ou trois serrures dans l'autre pièce... J'enlève mes souliers et ma jupe. Je m'installe sur la chaise. Quelques secondes plus tard, l'artiste épidermique revient et s'assoit sur un petit banc, juste en face de moi.

En le dévisageant, je soulève mes fesses pour faire descendre mon slip jusqu'à mes genoux. Je le laisse rouler jusqu'à mes chevilles, il choit sur le plancher. J'écarte mes jambes pour les poser sur les longs accoudoirs de la chaise de barbier. Mes lèvres secrètes semblent encore plus roses et indécentes sans les poils.

Le regard du tatoueur caresse chaque pli, avec intensité, mais sans panique. Il me regarde comme on regarde une toile blanche... Une toile blanche qui excite. Il approche son banc et pose sa main gauche à plat sur mon ventre, à quelques centimètres au-dessus de la naissance de ma fente. Sa paume couvre tout mon bas-ventre. La chaleur de son sang se diffuse dans mon corps. Il frotte sa main doucement de gauche à droite, sans jamais descendre trop bas. Il scrute attentivement la peau à tatouer, puis le dessin sur la feuille (en louchant occasionnellement vers ma rose entrouverte).

Après quelques instants de ce troublant manège tombe le verdict de l'artiste, presque enthousiaste:

«Je vais le faire en *freehand*! Ça va être beau! Mais ça va être un peu douloureux... J'te dirai quoi faire après pour que ça cicatrise bien.»

J'enlève mon pied droit de l'accoudoir pour le poser fermement entre les jambes du tatoueur. Mon talon bien appuyé contre ses testicules, mon pied et mes orteils le long de sa verge. C'est bien ce que je pensais, je lui fais de l'effet: il est bandé comme un orignal. Et comme dans mes souvenirs, aussi bien équipé. Je lui sers un petit avertissement:

«Attention! Avec mon pied comme ça, je suis bien placée pour te faire un peu de bien, ou alors assez de mal.»

Son air surpris se transforme en rire amusé. Il saisit ma cheville et presse mon pied un peu plus fort sur son érection. Il ferme les yeux, puis les ouvre tout d'un coup en me lançant un regard brûlant. Il enfile des gants de chirurgien, ramasse un pulvérisateur rempli d'un liquide bleu et me mouille le ventre d'un jet glacial. Le poil de mes bras se hérisse et ma peau se couvre de chair de poule. Il essuie grossièrement cette rosée désinfectante et soulève ensuite son pistolet à tatouer.

La chose émet un bourdonnement de taon géant. Il l'approche de ma peau. Je me sens étrange, voici venir une douleur que je ne connais pas encore. L'aiguille pénètre sous mon épiderme. Le tatoueur commence à tracer un grand cercle noir, juste en haut de mon pubis. Ça fait comme une brûlure; ou comme si quelqu'un frottait très vite un peigne de petits clous; ou comme si des fourmis rouges me grignotaient. Ça vibre aussi. C'est une souffrance qui se domine bien, qui engourdit mon mont de Vénus et électrise mon clitoris. Je ferme les yeux et je m'abandonne à la sensation en massant de mes orteils la verge dure de mon bourreau. Passons à l'étape suivante:

«J'aime bien mélanger la douleur et le plaisir. J'aime aussi me faire enculer. T'as envie de m'enculer?

Le tatoueur arrête de dessiner et lève la tête, un peu hagard. Il ne s'attendait pas à ça! Je sens un courant électrique passer dans sa queue et je vois des étincelles dans ses prunelles. De petites gouttes de sueur perlent au-dessus de sa lèvre supérieure. Il prend quelques secondes avant de répondre, faussement cool:

«Tout de suite si tu veux.

— Pas tout de suite... Plus tard... Je te laisserai me faire tout ce que tu veux, comme tu veux, sans condom. Je te sucerai pendant des heures et je te laisserai venir dans ma bouche, si ça te fait gicler encore plus.»

Ses couilles se contractent contre mon talon. Sa respiration s'accélère.

«Quand?

— D'abord, je veux que tu passes un test pour toutes les maladies vénériennes, sida compris, et, évidemment, que tu t'abstiennes de baiser d'ici à ce que tu me montres les résultats.

— C'est tout?

— Presque... Tu dois avoir complètement terminé mon tatouage et, aussi, tu dois faire quelques petites choses pour moi qui te seront très profitables...

— Quelles choses?

— Continue de travailler pendant que je t'explique... J'ai pas beaucoup de temps aujourd'hui.»

L'aiguille recommence sa danse sanguinolente sur mon bas-ventre. Si ce tatoueur bandé marche comme je crois, ça me donne trois ou quatre semaines pour le faire suer un peu avant de lui offrir mon pot de miel. J'ai hâte! Mais pas pour les mêmes raisons que lui...

Mon odeur remplit la pièce beaucoup plus que mon parfum...

CHAPITRE 4

*Où le tatoueur satisfait à quelques exigences
de son «contrat» avec la jeune femme...*
(12 juin; 11 h 11)

Un petit chien court sur l'accotement en herbes fol-
les, le long de la route de terre: un affreux chihuahua
jaune-brun qui, dans son extase ludique, émet un feu
d'artifice de jappements stridents. Il est poursuivi par une
joyeuse tornade de sept enfants d'une dizaine d'années.

Je les vois très bien à travers le pare-brise teinté, ils sont
à environ quatre cents mètres devant moi. Je roule vers
eux, assez lentement, seul dans la Mercedes du mari de ma
cochonne au minou rasé. J'ai été un peu déçu d'apprendre qu'elle était mariée, mais quand elle m'a raconté toute
la merde qu'elle avait vécue, j'ai compris qu'il fallait agir...

D'autant plus qu'elle me fait encore beaucoup d'effet... C'est une super nana; une nana mortelle: une
«nanaconda»... Elle m'obsède passionnément. Et j'aime
son petit jeu, pourvu qu'elle livre la marchandise quand
j'aurai rempli ses conditions. Justement, je suis en train
d'en remplir une en ce moment même: «Fais remarquer
la voiture de mon mari à la campagne, aux alentours de
l'endroit convenu.» Alors allons-y!

J'accélère à fond. La voiture réagit avec zèle et arrache à la route une volée de cailloux qui pétarade sous la

carrosserie. (Diable que ça répond bien une machine allemande!) Je tourne le volant de quelques poils pour amorcer une tangente vers les enfants... L'aiguille du compteur bondit de soixante à cent trente dans la courte distance qui me sépare d'eux.

Malgré la vitesse croissante, tout me semble au ralenti: les loupiots, surpris par le vrombissement soudain de la Mercedes, s'arrêtent pile et se retournent tous en même temps, la bouche aussi grande ouverte que leurs yeux terrifiés. Le chihuahua continue de courir devant avec insouciance...

Je passe à quelques centimètres d'eux, comme un obus de la Grosse Bertha... J'ai à peine le temps de voir leurs cheveux se faire ébouriffer par le coup de vent de ma trajectoire qu'ils sont déjà derrière moi, agglutinés à regarder s'éloigner la voiture... Dans le rétroviseur, ils ont l'air d'une hydre de Lerne ahurie, voilée par un cumulus de poussière jaune.

Le chihuahua, quant à lui, n'est plus qu'à vingt-cinq mètres devant moi. Il s'est aperçu du danger et tente de fuir en se dirigeant vers le centre du chemin (c'que c'est con ces animaux!)... L'élégant bouchon de radiateur de la Mercedes me sert de mire... En me soulevant un peu sur mon siège, je vois le chien en plein centre du cercle, son dos de gros rat partiellement caché par le point de jonction des trois tiges de l'étoile de Stuttgart.

Ses petites pattes s'agitent avec l'énergie du désespoir; sa langue rose ballotte au vent sur le côté de sa tête. Quelques centimètres encore... Pour m'éviter, il tente de sauter vers la droite, ce qui le place juste à la hauteur de mon pare-chocs.

Et boum! Le chihuahua décolle vers le ciel comme un ange pressé et décrit une élégante ellipse par-dessus la voiture. Dans le miroir de la portière, je le vois atterrir mollement, désarticulé.

Les enfants comprennent ce qui s'est passé et courent vers le cadavre de l'animal en poussant des cris déchirants. Je disparais de leur champ de vision dans une courbe. Je crois bien qu'ils ont remarqué l'automobile: *Elle* sera satisfaite. Et en plus, ça fait un chihuahua de moins sur la terre. D'une pierre deux coups.

～

Ma «mission» n'est pas finie pour autant. Je ne suis pas sur cette route champêtre par hasard. C'est celle qui mène à un chalet que j'ai loué par téléphone, avant-hier, avec une carte de crédit du mari, en prétendant être lui. Ça a passé comme une lame chaude dans du beurre tiède: la dame de l'agence de location a été d'une gentillesse et d'une confiance totales. Et quel service: la clé m'attend ce matin dans une cache sur le côté de la porte du chalet, avec mon reçu pour quatre semaines. Merci beaucoup dame de l'agence. Une autre condition que j'ai remplie avec brio.

Tout comme les tests médicaux que ma flamme demandait: je suis allé à la clinique la semaine dernière et j'aurai tous mes résultats le 2 juillet à huit heures trente. Le plus dur sera de faire abstinence totale de sexe d'ici là. Mes couilles risquent d'exploser comme l'ont fait, j'imagine, les organes internes du chihuahua de tout à l'heure.

Je jette un coup d'œil sur les indications... À droite après la rivière, puis trois kilomètres jusqu'au «neuf neuf un» du rang huit. J'y serai dans deux minutes.

N'empêche que je ne comprends pas très bien où elle veut en venir avec tout ça, l'intrigante dame de mes rêves. Il me semble qu'elle se donne, et me donne, bien du mal pour une aventure. Il faudra que j'y voie clair...

Mais elle est tellement prudente, la salope, à cause de son enculé de mari. Je n'ai pas le droit d'entrer en communication directe avec elle avant notre prochain rendez-vous de tatouage, le 2 juillet, à onze heures.

D'ici là, tous les trois ou quatre jours, elle laissera un message sur mon répondeur: des paroles un peu cochonnes suivies d'instructions ou de la description d'un paquet dans une poubelle quelque part, qui contient des choses utiles que je dois récupérer, comme la carte de crédit de son mari, les clés de sa voiture et l'indication de son emplacement, des vêtements bourgeois et des informations écrites (par exemple, ses «listes d'épicerie» ou l'annonce du chalet à louer).

Elle m'a ainsi fait parvenir, peu après notre première rencontre, un spécimen de la signature de son mari, pour que j'apprenne à l'imiter et puisse régler toutes les commandes que Madame passe avec la carte de crédit de Monsieur. C'est facile pour moi, je suis un expert en contrefaçon, car un bon tatoueur doit pouvoir reproduire n'importe quel dessin avec exactitude... Et qu'est-ce qu'une signature sinon un dessin?

Après cinq ou six jours de griffonnage à temps perdu, je me sentais prêt et je suis allé acheter, grâce à la carte, des magazines et des machins de toilette à la pharmacie; j'ai aussi fait le plein d'essence sur la route, il y a une demi-heure. Dans les deux cas, pas de problème. On n'y voit que du feu.

Nous y voici: le «neuf neuf un». Sous les ponts feuillus et moelleux d'une vieille érablière, j'engage lentement la Mercedes dans l'allée de gravier escarpée qui mène au chalet. Je ne l'aperçois qu'en arrivant au bas de la pente. «Petite maison discrète sur le bord d'une rivière», disait l'annonce. C'est presque ça, et sans conteste un nid d'amour idéal: un bungalow en bois rond avec une terrasse en ciment sur la face qui donne sur la rivière... Rivière... Disons plutôt un genre de gros ruisseau qui crachote sur les pierres luisantes à barbe verte dispersées dans son petit lit. Ça sent le sapin, les grenouilles et l'humus.

La clé et le reçu sont à l'endroit prévu. Excellent. Je lutte un peu avec la serrure... Voilà! Pas trop mal. Quoique ringard. Fallait s'y attendre. Un seul étage, deux grandes pièces: salon plus cuisinette avec foyer de pierre central et porte-fenêtre; une sombre chambre à coucher plus salle de bains rafistolée avec douche.

Et quel décor! Des meubles coloniaux essoufflés qui défieraient les meilleurs rembourreurs; un lit à deux places creusé au milieu, mou comme un sac de vase; des murs en faux panneaux de faux bois, décorés de vraies croûtes représentant des paysages sylvestres; une antique télé noir et blanc surmontée d'un cintre plié en guise d'antenne; des tables à café empesées de vieux *National Geographic*; un ensemble de salle à manger en pin teint, usé à la lignine qui, s'il pouvait parler, n'aurait probablement rien à dire... Ça sent la boule à mites et la suie ici...

Il est midi, tout est en ordre et conforme aux attentes de Madame. Le temps de pisser et je prends le chemin du retour, mais un chemin différent de celui que j'ai emprunté pour arriver... Je ne tiens pas trop à rencontrer de nouveau les moutards au chihuahua. Je continuerai dans la même direction que tout à l'heure jusqu'au bout du rang et j'en remonterai un autre jusqu'à la route principale.

Ça me donne tout juste le temps d'arriver en ville pour ouvrir la boutique à une heure, après avoir laissé la voiture à l'endroit choisi par Madame. Je dois laisser les achats, les reçus et un petit compte rendu dans le coffre.

Demain matin, il faudra que j'aille au centre-ville faire encore quelques emplettes, toujours avec la carte du mari: un *ghetto-blaster* pour le chalet (un vrai bon, le modèle de luxe), des draps, des serviettes et quelques CD de musique classique qu'elle aime écouter en baisant: Debussy, Schönberg, Stravinski... Des machins intellos et emmerdants dans le style de ce qui encrasse les ondes radiophoniques — mais pourquoi pas? Je suis prêt à livrer toute la marchandise... Pourvu qu'elle livre toute la sienne, le (ou autour du) 2 juillet. Sinon, ça pourrait mal tourner... Surtout qu'elle est plutôt exigeante.

Justement, je m'attends à recevoir un message d'elle avec de nouvelles instructions demain soir, ou après-demain au plus tard. Qu'est-ce que ce sera? Mystère et boule d'opium.

CHAPITRE 5

Où le mari de la jeune femme commence à recevoir
une correspondance étrange et anonyme...
(16 juin; 8 h 46)

Un autre envoi comme celui que j'ai reçu hier m'attendait derrière la porte du magasin, avec le reste du courrier, sans timbre ni oblitération... Une lettre classique aux odeurs de menace, écrite avec des caractères d'imprimerie divers, grossièrement découpés. Apparemment, l'œuvre d'un de mes clients ou de mes ex-clients frustrés, poète par surcroît. Il m'envoie des rimes vénéneuses, un quatrain à la fois.

Celui d'hier disait:

Flammes et braises de l'enfer
brûleront ton palais de bois,
le dessus deviendra l'envers:
c'est un baiser trop doux pour toi.

Et voici celui d'aujourd'hui:

Ton or contre un glaive de fer
et des flèches dans un carquois,
je les planterai dans ta chair
plus cruellement qu'un Iroquois.

Les deux lettres sont signées d'un petit dessin: deux triangles isocèles qui s'entrecroisent, l'un pointant vers le haut et l'autre vers le bas.

Comme si je n'avais pas assez d'ennuis comme ça! Y a le ministère du Revenu qui me refuse des déductions de ma dernière déclaration d'impôt; y a la voiture de ma femme qui est au garage pour je ne sais quel problème de moteur (alors, elle prend la mienne plus souvent qu'autrement)... Sans compter qu'elle a mis la main sur une de mes cartes de crédit, comme si elle n'avait pas assez des siennes (j'ai hâte de voir les comptes au début de juillet)...

Et il fallait que quelqu'un me fasse sa petite guérilla psychologique d'octosyllabes empoisonnés pour finir le plat.

Remarquez que ce n'est pas la première fois que ce genre de situation se produit. Au cours des dix dernières années, trois fois j'ai reçu des lettres ou des messages anonymes, des menaces venant de joueurs un peu détraqués qui avaient perdu gros ou ne voulaient pas rembourser leurs dettes. Il existe, hélas, une catégorie marginale de clients qui ruent dans les brancards, de temps en temps. Ça aussi, ça fait partie du métier (ce n'est pas pour rien que j'ai un géant à l'avant du magasin)...

En général, quand je détecte un cas qui commence vraiment à sentir la merde et qui dépasse les compétences de mon employé, y a pas de problème: j'engage un «spécialiste» pour trouver une solution avec l'intéressé. C'est plus cher qu'un simple fier-à-bras, mais ce genre de situation nécessite une main-d'œuvre qualifiée pour être réglée efficacement.

L'ennui, c'est quand je ne sais pas d'où vient la mauvaise odeur... Surtout que c'était plutôt calme de ce côté-là depuis trois ou quatre ans...

La première fois que j'ai reçu des menaces anonymes, j'ai appelé des amis policiers, mais ils m'ont fait comprendre que la loi ne peut pas grand-chose dans un tel cas, surtout s'il n'y a pas de suspect précis. Ils ont pris des notes, ils m'ont donné quelques conseils et m'ont expliqué que, la plupart du temps, l'auteur de telles lettres ne passe pas à l'action.

Ça a été vrai cette fois-là, et la troisième aussi: les lettres ont cessé après quelques semaines. Point final. Malgré tout, chaque fois, j'ai engagé des détectives privés (légitimes, donc une dépense déductible du revenu, mais initiés, donc discrets) pour surveiller ma maison et mon commerce: une suggestion de certains de mes associés occasionnels qui ont déjà vécu ce genre de situation.

Une idée très utile la deuxième fois: le détective a attrapé un gars en train de vandaliser ma voiture. C'était effectivement un de mes anciens clients, au fond du baril, qui faisait une fixation sur mon cas. Il est mort un an plus tard, un suicide ou la tuberculose ou quelque chose comme ça. Disons que, depuis, j'essaie d'être encore plus prudent dans le choix de mes clients. Mais on ne sait jamais... La preuve...

Pas d'hésitation, je rappelle les détectives: je ferai établir une surveillance vingt-quatre heures sur vingt-quatre à compter d'aujourd'hui, ici et devant chez moi; je ferai surveiller ma fille aussi. Mieux vaut ne pas prendre de risques... Une garde discrète et efficace, c'est la seule chose en pareil cas. Mes détectives privés ne demandent qu'à être payés. Ils accomplissent leur boulot et ne posent pas de questions.

Pour l'instant, je ne peux pas risquer de compromettre mes activités et je ne veux pas mettre en péril ma tranquillité. Surtout avec les Jeux olympiques qui commencent dans un mois: je vais faire un véritable massacre! Les Olympiques: une manne quadri-annuelle, au moins un demi-million de profit en deux semaines. De quoi rajouter, ni vu ni connu, quelques paquets de dollars à mon petit magot secret, mon tas de fric juste à moi dont personne ne connaît l'existence, encore moins la cachette...

Ça doit me faire environ deux millions et demi en *cash* dans un coffre dissimulé chez moi. Si jamais je devais quitter le pays en vitesse avec ou sans ma famille, ça m'aiderait à couler paisiblement des jours heureux sous le soleil. Et si je divorçais un jour (Dieu m'en garde!), ça me ferait un petit coussin pour me remettre sur pied. Que voulez-vous, il faut essayer de tout prévoir...

Si je savais me servir du dodécaèdre que je viens d'acheter, je pourrais sûrement tout prévoir... En fait, si je savais me servir de tous les objets prétendument magiques que je possède à la maison, je n'aurais jamais aucun problème. Rien ne pourrait m'atteindre.

C'est peut-être le cas. Peut-être que certains de ces objets me protègent malgré moi... Mais alors certains autres pourraient me nuire de la même manière... À moins que ça ne s'annule? Je crois plutôt que ça ne fait aucune espèce de différence... En tout cas, il ne faut pas que je compte là-dessus pour régler mes ennuis réels ou appréhendés.

C'est drôle... Malgré les circonstances (ou peut-être à cause d'elles), je me sens étrangement de bonne humeur et plein d'énergie; étrangement maître de la situation. C'est bon d'avoir les moyens de faire face à l'adversité. C'est stimulant.

Parlant de stimulation, je pense que je vais baiser ma femme ce soir. Depuis presque un mois, elle me prive. Panne de désir qu'elle m'a dit. J'ai été compréhensif, mais je vais insister quand même ce soir.

Je suis son mari, après tout, et son très généreux pourvoyeur. Alors, elle me le doit bien. Sans oublier que je suis son protecteur. Qui la protégerait des dangereux détraqués qui envoient des menaces anonymes?

Tiens! Je lui en parlerai, des lettres, et des mesures que j'ai prises pour les mettre à l'abri du danger, elle et notre enfant. Ça vaut bien un coït, consenti ou non...

De toute façon, ça ne risque pas de la déranger trop longtemps: après un mois, je vais sûrement venir assez rapidement. Et si c'est trop vite pour elle, tant pis... Ça lui apprendra à me négliger.

C'est pas comme si elle pouvait trouver ailleurs plus riche que moi...

CHAPITRE 6

*Où la jeune femme vaque distraitement
à ses occupations familiales...*
(24 juin; 16 h 41)

Huit jours avant le «grand événement»... Le compte à rebours final est amorcé. Plus que huit jours de soumission à mon mari; plus que huit jours à être esclave de cette fillette qui est sortie de moi.

Dans ma tête, j'ai déjà dessiné une trappe en dessous d'eux. Il ne me reste qu'à tirer sur le levier du destin pour me libérer de leurs épines d'élaphrons de sergeste. Mais en attendant, la vie doit suivre son cours normal. Je continue de régner sur cette grande maison avec patience et dévotion...

Et pourquoi pas? C'est une belle et obscène maison, dans un quartier plus que cossu: brique, art déco, boiseries, puits de lumière, vitraux, deux foyers... En tout, quinze pièces et trois salles de bains, sur deux étages et un grand sous-sol. Un vrai musée, par surcroît, avec toutes les vieilleries que mon mari collectionne dans des boîtes de verre montées sur des piédestaux en marbre noir. Tout le rez-de-chaussée et l'étage en sont encombrés.

Il y a même une fontaine dans la salle à manger: une petite fontaine florentine de la Renaissance, paraît-il, récupérée en Italie après qu'elle eut été condamnée pour

43

la construction d'une autoroute: une Vénus potelée, grandeur nature, qui verse le contenu d'une amphore juchée sur son épaule dans une cuvette large d'environ deux mètres. Elle pèse presque une tonne métrique.

On a englouti une fortune pour l'importer, la restaurer et l'installer dans la maison... Mais elle fonctionne comme une neuve! Le moins qu'on puisse dire, c'est qu'elle impressionne les convives et les visiteurs. Surtout quand on fait circuler du vin dedans...

Quand elle était bébé, ma fille s'y baignait. Mon mari n'aimait pas; moi je trouvais ça très drôle.

Ma fille... Je l'ai ramenée de l'école, il y a environ une heure. Elle joue dans le sous-sol, perdue dans les vapeurs de sa coupable innocence. Elle a cinq ans... *Tempus fugit...* J'ai l'impression que c'est hier que je l'ai chiée. J'ai encore de la difficulté à lui accorder une existence réelle, comme si elle était un personnage flou, dans un rêve qui s'efface au matin.

Les nuits blanches à la nourrir et la soigner, les jours dépensés à la distraire et à l'occuper ne me laissent jamais que le souvenir d'une mémoire. Comme si c'était quelqu'un d'autre qui avait fait tout ça, et m'avait tout raconté après.

Il faut avouer que le fait d'avoir des nounous et des garderies de luxe a réduit considérablement les contacts et augmenté d'autant la patience que j'ai pu avoir avec elle. Dire que les bonnes femmes me considèrent comme une mère idéale.

Curieusement, et malgré les apparences, je n'ai jamais éprouvé d'amour pour elle. Même que l'affection inconditionnelle que mon mari lui porte m'écœure au plus haut point.

Sans doute parce qu'elle est la petite fille que je n'ai jamais été, parce qu'elle me fait trop penser à son père... qui, lui, me fait penser au mien. Ou peut-être que c'est tout à fait autre chose: la haine n'a pas besoin d'être justifiée plus que l'amour...

⌒

Cinq heures moins le quart. C'est le moment de préparer le souper de la petite: de l'onglet de bœuf, des bâtonnets de carottes crues, une purée de pommes de terre, des haricots verts et du tapioca pour le dessert. Elle va nettoyer son assiette avec sa langue, j'en suis sûre...

Ensuite, je l'installerai devant la télévision et je préparerai le souper pour l'autre. Il arrive vers six heures trente et mieux vaut que tout soit prêt pour Monsieur. Surtout par les temps qui courent: il est sous pression à cause d'une série de messages anonymes (sept jusqu'à maintenant) qu'il reçoit à sa boutique depuis quelques jours et, parallèlement, de toutes les activités liées au raz-de-marée de paris qu'amènent les Olympiques.

Le salaud... Il se sert de ses soucis pour n'en faire qu'à sa tête, me fermer la gueule et abuser de moi comme bon lui semble. Depuis qu'il reçoit des menaces, il est devenu plus que jamais un véritable petit Hitler du foyer, il faut que tout soit parfait. Et le pire, c'est qu'il m'oblige de nouveau à baiser avec lui. Il a fallu que je me mette de la gelée lubrifiante entre les cuisses, que je me couche sur le dos en soupirant de faux plaisirs et que je le laisse couiner et faire glissoter sa petite quéquette gluante entre mes cuisses pendant quatre ou cinq minutes.

Pour ne pas qu'il voie mon tatouage inachevé et mes poils trop courts, j'avais revêtu une chemise en soie ample et longue, dont les plis couvraient mon pubis. Je l'avais déboutonnée du cou à l'abdomen, pour qu'il puisse s'agripper à mes seins. Il n'a rien remarqué (trop occupé à rouler les yeux dans tous les sens). J'ai laissé pleuvoir sa sueur âcre sur ma poitrine et mon visage, avant de l'entendre râler comme un tonnerre distant et de le sentir éjaculer sa crème stagnante au fond de moi.

J'imaginais avec plaisir ses méprisables spermatozoïdes se tortiller et mourir atrocement dans la soupe contraceptive de mon utérus.

Puis, comme d'habitude, il a roulé vers son côté du lit en balbutiant quelque compliment obscène mêlé de ronflements porcins. J'espère que mon tatoueur aura plus de talent. Ce ne sera pas difficile...

⌒

J'ai mis l'eau à bouillir. Je sors de la cuisine pour prendre l'air sur la petite terrasse en brique qui domine la cour et la piscine; je tiens le paquet de viande à moitié ouvert entre mes mains. Distraitement, j'incline l'emballage d'onglets, et le sang de bœuf accumulé en petites mares au fond du papier ciré gicle sur mon chemisier comme un crachat pourpre et dégoulinant... Merde!

Je rentre précipitamment pour m'attaquer à la tache avant qu'elle colonise les fibres de soie. Vite, de l'eau et un torchon. Frotte, frotte, frotte...

Bon! Il ne reste qu'un cerne rosé de cette éclaboussure sanglante. C'est plus facile à nettoyer que ma conscience...

Sauf que ma conscience, personne ne la voit. Il faut dire qu'avant mes récentes inspirations il n'en restait que des lambeaux: elle avait explosé cent mille fois sur les mines dormantes dissimulées au bas des pages de ma destinée. Mais maintenant, je sens que je suis en bonne voie de la ressusciter, ma conscience, pour en faire une terrible oriflamme...

Derrière moi, au fond de la cuisine, la porte du sous-sol s'ouvre avec un grincement. Ma fille en franchit le seuil en trombe, vêtue de son maillot de bain et armée d'une serviette.

«M'man, j'peux me baigner avant le souper?»

Elle aurait dû prévoir la réponse:

«Non, c'est pas possible tout de suite. Le souper va être prêt dans un quart d'heure. Tu iras te baigner plus tard.

— Mais m'man! C'est juste assez longtemps! Juste une saucette avant le souper. Allez... *Pliiiiiize*... Je vais revenir quand le souper sera prêt... Papa dirait oui...»

Normalement, je me serais fait un plaisir de refuser. Mais, à bien y penser, pourquoi ne pas la laisser avoir un peu de plaisir...

«Ça va... Tu peux y aller! Je t'appellerai quand le souper sera servi...»

Avec un hurlement de joie béate, elle se précipite dehors. Quelques secondes plus tard, j'entends une symphonie de *spliches*, de *splaches*. C'est tout de même attendrissant.

Allez, il ne reste que huit jours!

CHAPITRE 7

Onze heures onze. On dirait qu'il est toujours onze heures onze. Quoique celui-ci ne soit pas du tout comme les autres. La clochette de la porte vient de résonner. *Elle* est enfin là, devant moi, avec un drôle de sourire et les yeux écarquillés. Elle s'arrête au milieu de l'atelier, une hanche appuyée contre le fauteuil de barbier. J'ai envie de la prendre dans mes bras; je la goûte des yeux; son parfum me dope et m'attire comme un chant de sirène. Mais il faut que je me domine, elle ne m'a pas encore donné le feu vert. Ses lèvres bougent:

«Alors? T'as tout?

— Pardon?

— Est-ce que tu as tout ce que je t'ai demandé?»

Soyons cool. *Business before pleasure.* Faisons la mise au point:

«Oui, tout... J'ai les résultats de mes tests et examens à la clinique: j'ai rien! Pas un virus, pas un microbe; je suis pur comme un puceau... J'ai aussi fait tout ce que tu m'as demandé dans ton dernier message: tout est prêt au chalet depuis hier, et j'ai l'équipement que tu voulais, dans un sac à dos, chez moi...

— Et?

— Et je t'ai apporté toutes les cassettes de mon répondeur avec tes messages, et les reçus de mes achats.»

Elle affiche un air satisfait et s'approche de moi comme si elle flottait sur un nuage. Elle pose ses mains sur ma poitrine pour sentir mon cœur battre contre ses paumes et se hausse sur la pointe des pieds pour chuchoter à mon oreille:

«C'est parfait! Demain, on sera au chalet et on va vivre ensemble la baise la plus intense de notre vie.»

Demain? Pourquoi pas tout de suite? Une onde de déception traverse ma moelle épinière.

«Demain? Pourquoi pas tout de suite? Ça fait un mois que j'attends et que je fais tout ce que tu me demandes; ça fait un mois que je n'ai pas baisé, pour toi...»

Elle se presse contre moi, câline, et colle sa main droite sur l'intérieur de ma cuisse.

«Le plus important reste à faire ce soir... En attendant, il faut que tu termines le tatouage.

— Mais...»

Elle pose un doigt sur mes lèvres pour m'interrompre.

«Chut... Je comprends ton impatience... Je vais te donner un petit avant-goût.»

Elle fait glisser ses doigts le long de ma poitrine, en me griffant légèrement, et remonte mon t-shirt d'un coup. Ses mains agrippent mes épaules, pour garder le tissu bien tendu sous ma gorge; sa langue entreprend un ballet autour de mes seins, comme une limace rose se livrant à une danse tribale.

Je m'abandonne à ses caresses. Elle s'attarde sur mes mamelons; je suis envahi par des vagues croissantes de délice et de chair de poule; je bande, jusqu'au fond de mon crâne.

Sa jolie gueule délire goulûment sur mon ventre, embrassant chacun de mes abdominaux, comme pour les avaler. Elle me mordille autour du nombril et pose ses mains sur mon pantalon. Ces longs doigts détectent mon érection, ses pouces massent mon scrotum et la base de mes testicules. Sa bouche se pose comme un épervier à la base de mon pénis, qu'elle agrippe douce- ment entre ses dents, à travers le coton de mes jeans. Puis, elle relâche son emprise carnassière pour appuyer mollement ses lèvres en expirant lentement, jusqu'à ce que je sente la chaleur de son souffle sur ma verge.

Tranquillement, elle parcourt toute la longueur de sa proie, en ménageant le même sort à chaque centimè- tre. Lorsqu'elle arrive à mon gland engorgé, le tissu de mon pantalon lui offre déjà un grand cercle imbibé de liquide séminal, qu'elle s'amuse à téter avec bruit tout en taquinant mon nœud avec un abandon délirant.

Ses doigts précisent leurs attaques sur les points stra- tégiques de mon sexe qui ne subissent plus les assauts de sa bouche. Ça me fait l'effet d'une dizaine de libellules lubriques, entêtées à battre leurs ailes contre mon pistil exacerbé.

Il faut que j'ouvre mon pantalon, que je lui mette ma queue dans la bouche. Je veux sentir sa langue et ses doigts sur ma peau!

Je tente de défaire ma ceinture de la main droite, mais elle l'immobilise aussitôt entre les siennes et enveloppe mon index de ses lèvres. Sa langue tournoie furieusement autour de lui; des filets de salive s'accumulent en grands arcs élastiques entre sa bouche et mes doigts.

Un à un, je les entre tous dans sa bouche, profondément, jusqu'à ce que ses joues et sa mâchoire distendues ne soient plus qu'une horrible machine à sucer, accrochée comme une morue extatique à mes cinq hameçons tactiles.

Encore une fois, je tente de détacher ma ceinture, cette fois-ci avec ma main gauche. La morue remarque ma manœuvre et devient requin: ses dents se referment d'un coup sur mes doigts enfoncés dans sa gueule, ses canines et ses incisives pénètrent dans ma chair. Le plaisir cède instantanément sa place à une flèche de douleur.

J'enlève ma main d'un coup de fouet de mon bras, et la cannibale tombe en arrière en riant franchement. Elle se relève aussitôt, presque enjouée, son sourire coquin encadré par une légère rosée sanglante dispersée sur ses lèvres.

«C'est tout pour aujourd'hui... Mais reste bien bandé: demain, il n'y aura plus de limites. Promis...»

C'est comme si le fil qui me branchait sur l'éternité venait d'être coupé; je suis entre deux réalités. Elle a raison: ce n'est pas encore le moment, mais je la violerais si je n'étais pas sûr de tout gâcher!

Pendant que je reste en suspens dans un vide cérébral, elle s'installe dans le fauteuil pour que je continue son tatouage, comme si de rien n'était... Elle me regarde d'un air impatient. Il me reste encore à connaître les tâches finales dont il faut que je m'acquitte d'ici à demain: le dernier effort avant de goûter les fruits de mon labeur. Comme disait à peu près Voltaire: «Que le plaisir est doux au sortir des supplices.»

Il le sera...

Sans un mot, je m'assois sur le banc à côté d'elle, puis je soulève mon poinçon. Le bourdonnement électrique de l'appareil se confond avec celui qui résonne en silence dans ma poitrine.

J'enfonce cruellement les aiguilles sous sa peau; elle se mord les lèvres en faisant un petit bruit jouissif. C'est à mon tour de la torturer avec douceur...

CHAPITRE 8

Où le mari, dans son salon,
éprouve quelques sensations cénesthésiques
en écoutant La Nuit transfigurée
d'Arnold Schönberg, en version symphonique...
(2 juillet; 22 h 22)

Huit violoncelles flirtent avec de subtiles nuances mélodiques et appellent d'autres joies dilettantes de la part des violons. Les notes tombent dans ma conscience comme une pluie de samares de sycomore; elles germent à la vitesse du son, créant une forêt luxuriante entre les deux équinoxes de mon casque d'écoute. Je suis un dieu mélomane qui règne sur son salon; le gardien de l'antichambre tentaculaire des extases du satori.

La reine et la princesse dorment en haut, dans la tour, mais le roi — c'est moi — est en éveil: il pose un regard détaché sur ses possessions et, pendant que son esprit voyage au gré des courants de la musique, la garde impériale mange des beignets dans une voiture garée devant la maison.

Je marche lentement vers un bloc vitré juché sur une petite colonne de marbre, au centre d'un des murs du salon. J'ai l'impression de flotter vers lui. À l'intérieur, un crâne en argent, incrusté de pierres précieuses et de nacre, me renvoie mon regard. C'est Tezcatlipoca, le dieu aztèque de la nuit. Il a six cents ans et m'a été procuré par mon ami américain et ses pilleurs affiliés. Sa magie est à moi maintenant... Ceux qui voudraient s'en prendre à moi, ou aux miens, auront affaire à son courroux.

Le petit merdeux à la signature en triangles qui m'envoie ses menaces n'a qu'à bien se tenir s'il veut m'atteindre ici.

De toute façon, je sais qu'il sait que je suis protégé, je sais qu'il a peur de s'approcher: depuis que j'ai engagé des détectives, il y a presque trois semaines, c'est par la poste qu'il m'a envoyé la suite de son poème — au lieu de livraisons personnelles.

Cinq envois, toujours à la boutique et toujours avec une oblitération de la banlieue nord.

Ton enfant je ferai rôtir,
en vie, en larmes, comme il se doit,
ses aloyaux pourront nourrir
ma haine divine; chiens qui aboient.

Pour toi, nulle question de mourir
sans que le sel ne brûle tes plaies:
il vient du marais des vampires,
où j'ai appris bien des secrets.

Nabot Nabuchodonosor,
tu erreras à tout jamais,
dans les jardins du Minotaure
et aux creux d'obscures forêts.

De chaque chose que tu adores,
je souillerai les purs attraits,

mais moins pour redresser tes torts
que pour en faire ce qui me plaît.

Les mais-ou-et-donc-or-ni-car
jamais le yatagan ne dévient,
je viens faucher tes nénuphars
et rendre sainte ton Eulalie.

Mais maintenant, je sais qu'il sait où j'habite, puisque j'ai reçu par la poste, ici même, ce matin, le huitième quatrain avec les mots *Avis final* imprimés sur l'enveloppe, en rouge...

Est-il trop tôt? Est-il trop tard?
Le dîner du roi est servi:
ouvre ta bouche pour mon caviar
et une salade de pissenlits.

J'ai froncé les sourcils: d'une part, ça arrive à ma résidence et, d'autre part, l'oblitération est d'un bled perdu à la campagne, à soixante kilomètres d'ici. Il prétend s'approcher et, en même temps, il semble s'éloigner...

Je devrais sans doute être plus inquiet — c'est certainement l'effet qu'il recherche — pourtant je me sens en sécurité; je n'en ai même pas encore parlé aux détectives que j'ai engagés. En fin de compte, je pense bien que ce ne sont que des paroles en l'air!

La musique capte de nouveau mon attention: cintré sur ma tête, l'orchestre s'emporte sur mes marteaux et mes enclumes, créant des étincelles d'émotions et de sensibilité. Des décharges voluptueuses et stimulantes me parcourent du crâne au ventre. Je suis l'aigle sur les sommets inatteignables; ou le phénix qui renaîtra de ses cendres, plus fort qu'avant, et plus majestueux.

Je traverse le salon jusqu'à une autre vitrine, qui contient aussi une relique aztèque: une page de codex aux couleurs vives où est représenté Huehuetotl, l'ancien dieu du feu, coiffé d'un grand panache bleu ailé, protégé par une armure pectorale dorée en forme de papillon. Dans la pénombre, j'ai l'impression de le voir bouger et de l'entendre murmurer des incantations. Un dessin animé mystique.

Je ferme les yeux pour qu'il continue sa danse dans ma tête. La divinité aztèque m'offre un improbable ballet, tandis que s'effilochent des centaines d'archets sur des milliers de cordes tendues.

Je me laisse choir sur le sofa derrière moi, m'abandonnant à son accueil horizontal et spongieux. *La Nuit transfigurée* atteint son paroxysme et devient réalité...

~

Un drôle de sentiment m'envahit tout à coup: une impression indéfinissable de déjà-vu, que je n'arrive pas à préciser. Dans mes pensées, Huehuetotl arrête brusquement sa danse et se voile le front de ses mains, comme pour cacher quelque chose...

C'est ça!

Je m'éjecte du sofa en enlevant mes écouteurs d'un violent geste de la main, comme on repousse une guêpe. D'un bond, je suis devant la vitrine du codex: sur le bandeau frontal du dieu pyromane, un symbole à triangles identique à celui au bas des lettres anonymes. Le «poète» me connaît donc bien plus que je ne le croyais... Peut-être même est-il *déjà* venu ici!

Le silence m'écrase autant que cette sordide prise de conscience; un silence qui appelle le danger comme un chasseur l'orignal. J'ai un affreux pressentiment: il se passe quelque chose, en ce moment même... Le feu!

Ppffwoooummm! Le plancher vibre sous mes pieds! Une explosion étouffée, presque ouatée. Plus de courant...

Ça venait du sous-sol, vers l'arrière, où le cri soudain d'un détecteur de fumée ponctue le suspense. Presque aussitôt, un deuxième avertisseur se met à chanter, beaucoup plus près, dans le corridor entre la cuisine et l'entrée, suivi du son strident du système d'alarme central. Une bombe! Le feu...

Par la fenêtre du salon, j'aperçois les deux détectives qui sortent en panique de leur voiture, dépassés par les événements, le regard irrégulièrement illuminé par les flammes voraces crachées par l'arrière de la maison.

Pas de temps à perdre, il faut faire sortir tout le monde. Tout d'abord, réveiller ma femme... Je me précipite vers le grand escalier qui mène au deuxième!

En mettant le pied sur les premières marches, je la distingue, penchée à la balustrade, à travers la pénombre et la fumée âcre qui commence à envahir l'espace. Sa voix retentit comme une corne de brume:

«Je m'occupe de la petite! Vite! Sors d'ici! Tout l'arrière de la maison est en feu!»

Il faut que je réussisse à sauver quelque chose. Pas le temps de sortir mon magot du coffre-fort secret, sous la fontaine de la salle à manger. De toute façon, il est conçu pour résister aux incendies. Mon fric et quelques objets plus précieux y sont à l'abri.

Mais le reste... Je vais tout perdre...

Je dois retourner dans le salon, mais la fumée commence à m'étourdir. Je dois au moins sauver le crâne... Il est juste là. Je le vois. Il rit.

Deux paires de bras m'empoignent au moment où je tente de soulever la vitrine de Tezcatlipoca. Les détectives!

«Venez monsieur! Ça flambe comme une boîte d'allumettes! Il faut sortir...»

Ils ne m'auront pas. Je les repousse, je frappe partout. Mais ils sont forts, les bougres!

CHAPITRE 9

Où la jeune femme agit à la lumière
des flammes de son logis...
(2 juillet; 22 h 49)

Treize contre un que mon mari va se débattre comme un diable dans l'eau bénite pour sauver ses trésors, tant que ses anges gardiens ne l'auront pas sorti de la maison *manu militari.* Ils sont parfaits, ces détectives, ils le distraient et me laissent le champ libre. Mon mari a eu une excellente idée d'engager ces crétins.

Quel merveilleux parfum que celui du feu, si pénétrant, si riche de conséquences. Une fragrance éternelle dont la source purifie et transforme tout ce que son amour embrasse.

Assez rêvassé: chose promise, chose due! Il faut que je m'occupe de mon enfant... Justement, la porte de sa chambre s'ouvre un peu, en même temps que je pose ma main sur la poignée. La petite sort la tête, inquiète, les yeux piquants de fumée et gonflés de sommeil, elle est abasourdie par le boucan du système d'alarme et les cris au rez-de-chaussée. Elle pleurniche:

«Qu'est-ce qui se passe, maman?»

Je me penche sur elle, pressante:

«Y a un petit feu dans le sous-sol... Mais tout va bien, on va l'éteindre dans une seconde. Rentre vite te cacher dans ta chambre, en dessous du lit... Je vais venir te chercher quand ça sera fini.»

Elle obéit avec zèle et célérité. En un éclair, elle disparaît en rampant sous son lit.

«Maman va fermer la porte pour que la fumée ne rentre pas trop dans la chambre.»

Je sors la vieille clé dentelée qui sert de passe-partout pour toutes les serrures originales de la maison et, la tête aussi claire qu'un ciel sans nuages, je fais tourner le pêne, qui résiste à peine, pour sceller la porte aussi bien que le destin.

J'entends mon mari qui beugle sur le perron de l'entrée. Ils l'ont enfin sorti... Je dégringole l'escalier en essuyant frénétiquement la clé d'un coin de ma chemise de nuit, pour effacer mes empreintes.

Il fait chaud et la fumée m'incommode; le feu est pressé. Mes yeux coulent. Ma salive goûte le Templier et me brûle la gorge.

Je lance la clé dans le salon et je m'élance vers la porte où s'agitent les détectives qui n'osent plus entrer dans la maison. Le grondement des flammes devient de plus en plus perceptible, comme un titan qui ferait rouler dans sa gorge un colossal glaviot de vengeance.

J'arrive à la porte. En même temps, le géant expulse son irrésistible crachat: une boule de feu qui poursuit l'air dans toute la maison, s'engouffrant dans chaque couloir et chaque recoin. Un souffle qui me rejoint et enflamme instantanément mes vêtements et mes cheveux. C'est le diable qui vient à mon secours et me propulse dans l'ouverture de la porte, sur les dalles de l'entrée où j'atterris mollement, sans trop de mal.

Les détectives se jettent sur moi et étouffent les flammes à l'aide de leurs vestons. Le feu n'a pas vraiment eu le temps de me brûler la peau, quoique j'aurai besoin d'une bonne coupe de cheveux.

Quels sons étranges, on dirait que toutes les briques, toutes les planches de la maison hurlent de douleur et se joignent au chœur des sirènes des véhicules prioritaires qui arrivent à toute allure.

De cette tragédie, je suis le coryphée, je m'effondre, en larmes, les bras tendus vers la maison devenue soleil:

«Ma fille est encore à l'intérieur! La porte de sa chambre était bloquée! Il faut la sortir de là! Laissez-moi y aller!»

Je me laisse prendre à mon propre jeu. Tous mes sens deviennent flous; je suis aspirée dans un maelström d'émotions ambivalentes qui dissout mon âme et me donne sûrement un visage de martyre.

Je ne vois plus mon mari affalé dans l'herbe, catatonique et coulant de sueur; je vois une masse de plasticine organique à pétrir. Je ne sens plus la poigne désespérée des hommes qui me retiennent dans mon élan hypocrite; je me sens poussée vers le noir du ciel, où la fumée s'envole vers de nouveaux paradis. Je n'entends plus le turban de bruits et de cris qui m'enserre la tête; j'entends le chant gracieux d'anges naïfs qui tournoient vainement au-dessus des flammes de l'enfer, dans l'espoir impossible de tendre la main aux damnés. Je ne goûte plus la suie épaisse dans ma bouche; je savoure le plat le plus rare et le plus riche, celui de la vie sacrifiée. Je ne sens plus l'incendie; je respire chaque élément de tout ce qui arrive, étalé majestueusement sur une queue de paon olfactive. Je perds l'équilibre; je le retrouve dans une autre dimension.

Les pompiers envahissent la rue et déploient leur matériel, s'activant comme des abeilles dans un pré de trèfles en fleur. Comme un écho, les mots «une petite fille à l'intérieur...» ricochent de bouche en bouche.

La cohue inutile des héros casqués s'agite autour du brasier qui redouble d'intensité pour faire fondre leurs intentions. C'est fou la vitesse à laquelle le feu se propage dans une vieille maison, beaucoup plus rapide que je ne l'avais imaginé. Tant mieux...

Les portes et les fenêtres vomissent à l'envers des flaques de flammes et des selles ininterrompues de fumée agglomérée. Les échelles bandent et les lances jouissent à l'infini, sur cette maison qui trop s'embrase et mal s'éteint.

Une équipe d'intervention se rue à l'assaut de la chambre où ma fillette est retenue prisonnière.

Mon mari pleure, couché sur le dos, une main dans le visage. Pleure-t-il à cause de l'enfant ou à cause de ses précieuses pièces de musée? Quoique l'un n'empêche pas l'autre.

Pendant ce temps, les détectives privés discutent de façon animée avec deux policiers, tandis que d'autres repoussent les curieux qui ont commencé à accourir du voisinage. Le spectacle ne semble pas les décevoir; ils seraient encore plus satisfaits s'ils savaient ce qui s'en vient dans les vingt-quatre prochaines heures...

Mon esprit est désincarné. C'est comme si je me regardais, pauvre poupée de chiffon, pendant que les ambulanciers me guident doucement pour m'allonger sur une civière. Ils me nourrissent d'oxygène, dont chaque bouffée alimente mon extase. Un médecin chérubinique m'ausculte d'un air inquiet, il parle en télégramme:

«Choc nerveux, très sérieux... Contusions aux genoux... Légères brûlures aux chevilles et au dos...»

Je sens une aiguille pénétrer dans mon bras et un liquide tiède faire l'amour à mes veines en montant vers ma tête. On dirait qu'ils tiennent tous à maintenir mon bonheur au zénith. Je m'abandonne à leurs soins. Il faut juste que je tente de résister au sommeil, malgré tout ce qu'ils pourront me donner.

Ça me rappelle les nuits de dope de mon adolescence, en plus fort, en plus vrai. Je pense que je vais me laisser aller, juste une heure ou deux. Juste le temps de reprendre mes esprits. Tout est noir et douillet... Tout est noir et n'a plus d'importance... Tout est noir... Tout est...

CHAPITRE 10

Où le tatoueur passe une nuit mouvementée...
(2 juillet; 23 h 11)

Deux flics filment les badauds attroupés à quelque distance de la tragique flambée — je me suis faufilé parmi eux. Je me fais discret comme un *sasquatch*. Le truc, c'est de bouger imperceptiblement pour être toujours caché par quelqu'un et de porter une casquette bien calée sur son coco. Et aussi de ne pas afficher un air trop débile.

Les ambulanciers viennent tout juste d'amener ma belle pécheresse, apparemment inconsciente. Pourvu qu'elle soit au point de rendez-vous à l'aube... Sinon, il va falloir improviser...

Voilà donc son mari en chair et en os. Un homme habillé en homme, qui perçoit soudain le poids de la chair et des os. Son corps vacille; il est assis en tailleur, il marmonne, perdu dans quelque sombre errance intérieure; zombie patibulaire.

À quelques pas de lui, les détectives privés et quelques policiers en civil ou en uniforme discutent. Les uns s'agitent avec émotion, les autres prennent des notes ou croisent les bras, esquissant des moues nuancées et des grimaces réflexives qui feraient un bon sujet de thèse. Un des policiers en civil se penche vers le mari pour le réconforter.

Mon attention se porte ailleurs: il semble y avoir de l'agitation à l'arrière de la maison, où le gros du contingent sapeur concentre ses efforts.

Un peloton d'hommes médicaux en chemises blanches écussonnées sautillent à travers les éclaboussures et les écueils de matériel, entraînant deux brancards et un entrepôt de trousses, de sacs et de bonbonnes. Leurs stylos et leurs stéthoscopes scintillent dans les faisceaux aléatoires des gyrophares.

Le peloton installe ses tranchées au bas d'une échelle que je distingue à peine dans l'angle où je suis, mais d'où une procession de pompiers en scaphandres descend. Un d'entre eux porte à l'épaule une petite masse sombre et immobile, aussitôt absorbée par l'actinie humaine des secouristes, dont les tentacules s'affairent désespérément. L'équipement vole; les ordres fusent.

En vain... Après quelques minutes de splendeur, l'actinie se fane et s'écartèle tristement. Malgré le bruit, un silence plane: une enfant est morte. Tout le monde le sait sans qu'un mot soit prononcé.

J'avais beau m'y attendre, ça me fait un peu quelque chose... C'est comme quand j'avais étranglé un chat malade que j'avais recueilli: c'est un peu triste mais nécessaire (les chats sont les seuls animaux que j'aime bien).

Précédé par un pompier blessé dans la tentative de sauvetage, le petit corps recouvert est transporté sur une civière jusqu'à une ambulance, au milieu des témoins immobiles et des têtes baissées — on dirait que même les flammes se sont figées.

Le mari pousse un râle viscéral, primal, et éclate en sanglots, soutenu par un flic et un médecin. Il les repousse avec véhémence, titube et tombe à genoux, prosterné vers La Mecque des douleurs, une main tendue vers l'ambulance où disparaît sa descendance, comme pour recevoir une aumône miraculeuse qu'il n'obtiendra jamais.

Le véhicule s'éloigne timidement dans la nuit, sans un pin-pon. Il ne me reste qu'à attendre la suite.

~

Quatre heures s'écoulent en visions stroboscopiques: combat acharné contre l'incendie, qui finit par agoniser; crises ponctuelles et pathétiques du mari, qui chaque fois semble retrouver un peu plus ses esprits; raids d'organismes de secours ou de contractuels rapaces attirés par l'odeur du sinistre, tous repoussés par les policiers, les pompiers ou le mari déconfit; va-et-vient ininterrompu de tout ce qui est sur deux pattes, sur roue ou généralement mobile et utile en pareille circonstance.

Puis, le feu est éteint. La maison n'est plus qu'une carcasse vaguement géométrique, noire, menaçante et fumante. Le mari est assis à l'arrière d'une voiture de police, les jambes qui pendent par la portière ouverte.

Les voitures et les camions se dispersent un à un. Quelques policiers demeurent en faction, café à la main. Il ne reste presque plus de curieux... Les caméras de la police sont éteintes depuis belle lurette. De toute façon, je me suis tranquillement retiré de trois cents bons mètres, jusqu'à la Mercedes et ses vitres teintées. Mon amour l'avait garée ici, au coin de la rue suivante.

L'auto-patrouille dans laquelle prend place le mari démarre soudain. Le moment est venu de tester mes talents en filature. Il s'agit de ne pas le perdre, *Elle* en a encore besoin.

Le véhicule emprunte rapidement une grande artère rectiligne qui file vers le centre-ville. Ça me permet de les suivre facilement, à bonne distance, jusqu'à un hôtel chic du quartier des musées. Le flic en civil accompagne le mari à l'intérieur et ressort une vingtaine de minutes plus tard: il a bordé le monsieur pour la nuit. Du moins le croit-il... Car à peine les policiers sont-ils partis que le monsieur ressort et s'engouffre dans un taxi, qui me fait prendre à sa suite le chemin du retour vers les lieux du sinistre.

À deux coins de rue de là, le chauffeur arrête sa voiture. Phares éteints, je tourne dans une rue transversale et je range la Mercedes hors de vue.

Je me rends jusqu'au coin en courant discrètement. Le taxi a disparu et le mari marche sur le trottoir comme une ombre. Il se faufile jusqu'à la ruelle qui mène chez lui et s'y engage en redoublant d'effort pour raser les murs et se fondre à l'obscurité.

Arrivé à sa cour arrière, il épie à travers les fentes de la palissade de cèdre pendant un moment, puis sort de sa poche une petite clé avec laquelle il déverrouille le portail de la clôture. Il est tellement concentré sur les manœuvres de sa visite clandestine qu'il ne se rend même pas compte que je ne suis qu'à quelques mètres de lui.

Il entre dans la cour et referme la porte derrière lui, sans la verrouiller. C'est à mon tour de guetter à travers les fentes... Je le vois traverser la cour déserte comme un chat; il se glisse dans l'immeuble fumant par l'ouverture béante qui était quelques heures plus tôt une belle grande baie coulissante.

Je suis distrait par le cri plus ou moins rapproché d'une direction assistée; j'entrevois des éclats de lumière. Une voiture de police s'engage dans la ruelle.

En un éclair, je suis dans la cour, accroupi derrière de grandes poubelles qui puent. Les agents motorisés passent lentement, au son d'appels radio crachotants et pleins de numéros, en éclairant les murs et les clôtures avec leurs torches électriques. Mais ils ne sont bientôt qu'un stimulant souvenir. Je me sens revigoré: merci pour la dose d'adrénaline!

De l'autre côté de la maison, j'entends des hommes parler fort; je ne distingue pas les mots, mais juste au ton des bribes, je devine que ce sont des policiers; des policiers qui attendent avec bonhomie que leur quart de travail soit terminé et que la relève arrive.

J'entre à mon tour dans l'obscurité de la maison. Je devine la cuisine avec ses électroménagers calcinés et fondus. L'odeur de suie est si forte que je regrette les poubelles de tout à l'heure. J'entends quelqu'un fourrager dans la pièce à côté. Il est dans la salle à manger, exactement comme elle l'avait prévu.

Je m'approche de l'embrasure. Il est accroupi près de la fontaine et rage en marmonnant. Sa femme savait qu'il retournerait à son coffre-fort comme un missile téléguidé. C'est fou à quel point on peut connaître quelqu'un après plusieurs années de mariage.

Pauvre con... Dire que j'ai tué sa fille et que je vais baiser sa femme... Dire que c'est Madame qui a tout manigancé. C'est fou à quel point on peut ne pas connaître quelqu'un après plusieurs années de mariage.

CHAPITRE 11

Où le mari n'est pas du tout au bout de ses peines...
(3 juillet; 4 h 36)

Zéro courant électrique! La batterie du système auxiliaire est noyée, ou brûlée, ou les deux... Pas moyen d'actionner le mécanisme pour faire pivoter le socle de la fontaine; et dire que ça devait résister à tout... C'est déjà assez que tout le reste soit détruit... Et que ma fille chérie soit morte... Et ma femme à l'hôpital...

«Ça sert à rien... Il est vide, ton coffre...»

Je sursaute! Sur le coup, j'ai l'impression que cette voix sort de moi...

Mais ça vient de derrière moi... *Il* est là! C'est lui, j'en suis sûr! Le salaud qui a fait brûler toutes mes choses!

Mon corps réagit automatiquement... Je bondis comme une tique sur la masse sombre et masculine... Il n'a même pas le temps de réagir que je suis déjà sur lui.

Il ne s'attendait pas à ça, le petit merdeux. Il tombe sur le dos; j'atterris par-dessus lui, un genou bien enfoncé dans son estomac. C'est bon... Il étouffe. Tant mieux. Mes poings s'élancent dans son visage. C'est sublime... Je cogne le plus fort que je peux, le plus vite que je peux. Il ne réagit pas. J'ai mal aux mains. C'est dur, une tête. Ça fait des drôles de sons...

Tout d'un coup, le corps de l'ordure se redresse; j'ai l'impression de m'envoler. Je roule sur le côté; l'homme se lève lentement, un peu assommé. J'aperçois un chandelier déformé par le feu sur le plancher: on dirait qu'il sort d'un paysage mou de Dali. Je m'étire pour le prendre, il est encore tiède. L'homme est presque debout. Je me dresse en balayant l'espace avec le chandelier.

Chlok! Ma matraque improvisée éclate en percutant le côté de son crâne et sa mâchoire. Il laisse échapper un «oumpf!» et s'écroule comme un arbre qu'on vient de scier. Il ne bouge plus; je pense même qu'il ne respire plus...

Par les carreaux brisés ou crasseux de la fenêtre, je distingue le petit groupe de policiers en faction qui rigolent près des voitures, derrière leur ridicule barrière de ruban jaune. Ils vont sûrement faire une ronde bientôt. Mieux vaut qu'ils ne me trouvent pas ici. Il faut que je foute le camp.

J'enjambe le corps et je me rends dans la cuisine pour scruter la pénombre de la cour. Personne... Allons-y!

∽

Sans trop me rendre compte de mes actions, je me retrouve dans la ruelle. L'aube commence à pâlir le ciel. Je regarde mes mains: elles sont tachées de sang... Il faut que je les lave...

Je presse le pas vers la rue... Plus je m'en rapproche et plus je cours, comme pour fuir cette horrible nuit. Plus je cours, plus mon cœur bat vite et plus mes poumons me font mal. Je cherche mon souffle, mais j'accélère encore.

Un pâté de maisons, puis deux, puis trois... La sueur commence à cascader sur mon front et sous ma chemise... Quatre... Les muscles de mes jambes se crampent, ma salive goûte le sang... Le parc, oui! L'étang... Je n'en peux plus...

Je me laisse choir à plat ventre sur la bordure en ciment qui frange la petite nappe d'eau artificielle. Je plonge mes mains dedans, la crasse se dissout en nuages de fumée rouille. Je m'asperge le visage. Ça fait tellement de bien... J'ai l'impression de nettoyer mon âme...

Dans deux minutes, tout ira bien. Il faut que j'y croie. Il ne me restera qu'à marcher tranquillement jusqu'à la prochaine cabine téléphonique et appeler un taxi...

Je sens une présence; j'entends un mot:

«Salut!»

Je n'ai même pas le temps de me retourner que le son de la voix ennemie s'est adjoint la complicité d'une sensation de cylindre froid et lourd enfoncé avec force dans ma nuque, à la base de mon crâne, au point de me chatouiller le cortex.

«Ne dis rien; on s'en va faire un tour... Tu m'as énervé, alors me fais pas chier! Fais ce que je te dis et tout ira bien... Sinon, je te fais sauter les genoux; puis les couilles; puis la cervelle...»

J'obéis. Soumis mais étrangement calme, presque reposé. Comme si tout cela était tellement irréel que le détachement reste la seule attitude à adopter pour ne pas basculer. Je n'aurais jamais cru que ce serait si facile de m'abstraire mentalement d'une situation comme celle-ci. C'est quand même pas banal ce que peut faire l'instinct de survie (si c'est ce que c'est).

On franchit à peine deux coins de rue que j'aperçois ma voiture. Qu'est-ce qu'elle fait là? Il a volé ma voiture en plus! S'il m'en donne l'occasion, je le tue! Je le tue; je le jure devant Dieu!

L'homme passe devant moi. Le potron-minet lui donne un teint bleu de mort-vivant. Il ouvre le coffre et en sort un genre de petit sac noir en tissu.

«Laisse-toi faire...»

Il met le sac sur ma tête et l'attache avec ce que je sens être un gros élastique. Il y a une petite fente dans la cagoule, à la hauteur de mon nez, pour que je puisse bien respirer — si on peut dire.

L'homme me passe les mains dans le dos et me menotte. Je sens ses mains me guider pour me faire basculer dans le coffre en douceur. J'entends un petit bruit sourd près de ma tête. Il vient de lancer quelque chose tout près de moi.

«Tiens! C'est mon arme! Je te la rends: c'est une branche du chandelier que tu m'as fait éclater dans le visage... Ça te fera un souvenir...»

Le coffre se referme sèchement. Quel silence... Quelle obscurité... Qualité Mercedes...

⟳

Le moteur démarre. La voiture avance, tourne, prend de la vitesse, ralentit, tourne, reprend de la vitesse... Après quelques instants, on s'immobilise. J'entends une portière s'ouvrir et se refermer. L'inclinaison du véhicule m'indique que quelqu'un d'autre est monté à bord. Un complice...

Où est-ce qu'on s'en va comme ça? C'est drôle: je ne m'étais pas encore posé la question.

La radio s'allume; le volume monte. Le cul des haut-parleurs est juste au-dessus de ma tête. C'est de l'opéra: *Wozzeck*, d'Alban Berg... On est rendu au moment où le pauvre soldat Wozzeck sert de cobaye à des expériences médicales, pendant que sa femme s'envoie en l'air avec son capitaine. Je me demande lequel de lui ou de moi est dans la pire posture. Je m'en rendrai compte bien assez vite...

Le temps s'égrène comme un film sans images en accéléré. La route change de texture plusieurs fois. L'air passe du gasoil au crottin. La musique s'arrête à un certain moment; je n'entends plus que les véhicules divers chuinter derrière les parois de ma prison de tôle. Puis, des petites pierres qui pètent sous la carrosserie: une route de terre.

Après une courte éternité, la Mercedes ralentit, tourne encore, s'incline vers l'avant et s'engage dans une pente.

Le moteur s'arrête. Il commence à faire chaud. J'entends les gazouillis d'oiseaux qui accueillent le matin, le bruissement apaisant de la brise dans les feuilles, et le babil d'un ruisseau enthousiaste. J'entends toute la nature qui se torche éperdument de ce qui pourrait m'arriver...

Les portières s'ouvrent... On me sort du coffre pour me faire entrer dans un endroit qui sent le moisi. On m'assoit sur un siège dur et robuste, auquel je suis bientôt attaché.

CHAPITRE 12

Où la jeune femme remue avec délectation
le couteau dans la plaie de son mari...
(3 juillet; 7 h 17)

Quatre, trois, deux, un:

«Enlève-lui la cagoule et bâillonne-le!»

L'élastique saute et la cagoule glisse. Les yeux de mon mari s'habituent en clignant à la lumière, tandis que mon tatoueur lui colle un gros morceau de ruban adhésif gris sur la bouche.

Voilà! Il me reconnaît! Quel regard! Quelle incroyable sensation que de voir ses yeux me voir... Que de le voir comprendre sans qu'il ne puisse rien faire, ligoté solidement à un lourd fauteuil de chêne (lui-même vissé dans le plancher). C'est encore mieux que ce que j'avais imaginé.

Le voilà figé sur un trône damné, dans la chambre à coucher du chalet loué, face au lit sur lequel je suis agenouillée. Nue. Je change le pansement sur mon tatouage encore coulant. La sorcière, dans mon rêve, avait raison: la magie de la roue opère.

De grands morceaux de tissu rouge cachent les fenêtres; la pièce baigne dans des teintes de sang et d'enfer. Mon mari tente de bouger, tous ses muscles se tendent; mais les liens sont beaucoup trop solides pour lui.

Il est temps de tout lui déballer et de jouer un peu avec son cerveau:

«Quel époux désolant tu fais. C'est méchant d'avoir inventé toute cette histoire de menaces de mort pour couvrir les meurtres de ta fille et de moi. Mais c'est une bonne idée pour tenter de brouiller les pistes.»

Sa rage et sa surprise sont presque palpables dans l'air humide.

«Quel a été ton motif? Qui sait... Tu as peut-être perdu la raison parce que je t'aurais dit, en juin, que j'avais un amant. Alors, tu as planifié tout ceci et loué ce chalet en secret. D'ailleurs, ta voiture a été vue dans le coin; il paraît que tu as écrasé un petit chien...»

Je me lève pour prendre une grosse enveloppe sur la commode derrière mon mari. Je retourne m'asseoir devant lui, avec un air réprobateur.

«Toutes les factures et les papiers qui ont un rapport avec cette affaire sont là-dedans. Et on pourrait facilement croire que ça t'appartient... Ta signature est partout. Tu n'aurais pas dû te servir de ta carte de crédit.»

Je plonge une main dans l'enveloppe pour en extraire une petite poignée de papiers jaunes et blancs...

«C'est gênant; surtout si la police découvre cette enveloppe.»

Je saisis la bouteille de tequila à côté du lit et j'en bois une grosse lampée qui me brûle l'estomac.

«Malheureusement, comme j'ai survécu à l'incendie, tu as dû me faire sortir discrètement de l'hôpital, en me faisant croire que notre fille était encore vivante et qu'elle me réclamait. Personne ne nous a vus sortir. Mais en fait, tu m'as emmenée ici, pour m'achever...»

Je fais une longue pause. Ses yeux exorbités sont injectés de sang. Les veines de son cou semblent être sur le point d'éclater.

«Tu te demandes sûrement comment je vais m'en tirer avec cette histoire sans que tu puisses répliquer. Je ne te garderai pas très longtemps dans le suspense... Mais avant, j'ai un petit spectacle pour toi. Sensations garanties... Garde tes paupières bien ouvertes.»

Je me tourne vers mon tatoueur, qui me regarde par la porte ouverte, assis à poil dans le salon:

«Viens ici, mon amant! C'est le moment...»

Il s'approche, contourne mon mari et se plante devant moi. Sa queue démesurée, déjà rigide, bat l'air à quelques centimètres de mon visage. En regardant mon mari dans les yeux, je fais des bulles de salive que je laisse couler en grumeaux gluants sur les côtés de ma bouche, et je m'empale la tête sur le sexe mauve et poisseux dans un gargouillis glouton.

Le gland glisse jusqu'au fond de mon palais et m'écartèle la gorge, tapissant ma langue d'un filet collant et salé. Je sens un courant électrique voluptueux m'envahir le bas du ventre. Je me perds dans les prunelles désespérées de mon époux, en suçant une grosse queue qui n'en peut plus de vouloir me pénétrer par tout ce qui pourrait l'accommoder.

Je me sens comme une édentée affamée, qui tente d'extraire de la substance d'un filet de porc congelé. Les frissons opposés qui parcourent mes deux mâles décuplent mon plaisir. Le tatoueur m'empoigne les cheveux pour baiser ma gueule sans ménagement; il émet des onomatopées extatiques; ma gorge s'ouvre sans réflexe. Je sens son cœur battre dans sa verge, et le mien dans ma tête. Son autre main trouve une place sous mon menton, ses doigts enveloppent ma mâchoire pour bien la distendre. Je ne suis plus qu'une déesse vulgaire dans la transe des bacchanales.

Les mouvements de hanche se font plus pressants. Les doigts s'agrippent plus fort à mes cheveux et mon visage. Je serre les dents délicatement en le repoussant. Il tombe à genoux devant moi, sans un son, et m'offre un regard lubrique et entendu.

Ses mains remontent le long de mes jambes en les écartant doucement, sa langue suit le même parcours en s'attardant sur mes chevilles; sur l'arrière de mes genoux; à l'intérieur de mes cuisses et dans les replis extérieurs de mon pubis. Il me harcèle de petites attaques périphériques; il tourne autour de ma citadelle et darde mes sentinelles. Un Mao érotique qui applique «l'art de la guerre» à la guérilla sensuelle.

Enfin! Sa langue s'enfonce jusqu'à mon cœur et me ramone la libido. Une chenille-sangsue qui s'abreuve de mon sexe, tétant goulûment mon volcan de smegma.

La chenille se mue en nuée de papillons. Leurs petites trompes s'acharnent sur chaque pli de ma topographie intime, jusqu'à scruter les sillons de mon anus. Je cède mon royaume à leur pillage. Elles n'en finissent plus de découvrir des trésors de volupté.

À travers mon plaisir, je vois la face déformée de mon mari. Il a l'air d'un visage peint par Giuseppe Arcimboldo. Chaque trait semble animé de sa propre vie; j'entends son âme hurler à chaque nouvel assaut oral de mon amant. Mes prunelles dans les siennes, je prends mes chevilles dans mes mains pour remonter et écarter mes jambes au maximum. Le tatoueur redouble d'appétit.

Je referme mes jambes et j'appuie mes pieds sur ses épaules, pour me pousser lentement vers la tête du lit. Mes doigts remplacent sa bouche et se perdent dans le marais du festin.

Rampe vers moi, gourmand. Bourreau au glaive de chair. Perce mon hymen réinventé...

CHAPITRE 13

Où le tatoueur satisfait, enfin, tous ses désirs...
(3 juillet; 11 h 11 [il est sûrement 11 h 11 quelque part])

Sept ciels ne peuvent pas contenir la sensation de ma bitte qui tournoie à l'entrée de son vagin mouillé. J'introduis mon gland de quelques millimètres; je le ressors; il fait des figures de patineur sur son entrejambe, avant de s'enfoncer de nouveau, un peu plus profondément chaque fois. Les yeux révulsés, ma salope couine, frétille. Je tergiverse pendant des milliers de millièmes de seconde.

Tout d'un coup, même si elle n'a même pas encore apprivoisé la moitié de ma longueur, je la pénètre jusqu'à ce que je sente mes couilles se faire chatouiller par ses fesses. Son minuscule écrin de velours m'aspire. Elle peut faire de moi ce que je veux.

Vogue la pirogue dans son Amazonie; je prends le temps d'explorer tous les coudes et les deltas. C'est meilleur que la première fois; meilleur aussi que la fois de la Thaïlandaise, ou même celle des jumelles de treize ans.

Mille gouffres d'émotion, de conscience et de souvenirs s'ouvrent sous mon extase. Je suis un fœtus bien au chaud dans l'utérus de la mort. Et quelle ambiance... Je baise, tu baises, il souffre.

Il est là, mais il ne compte pas. Attaché sur sa chaise, un vulgaire pantin pour exciter sa perverse femme adultère. Plus elle s'excite et plus je bande. Mes mains patrouillent son corps, une paume fouille ses seins, un doigt s'égare souvent dans son cul, et quelques autres vagabondent autour des lèvres de son visage et de son sexe. Je la travaille du piston avec une langueur brutale, en variant la vitesse et l'angle. Ses ongles labourent de frissons mon dos et mes fesses.

Elle halète de plus en plus vite et profère des obscénités inintelligibles. Ses mamelons durcissent et des plaques rouges tachent sa poitrine. Elle est luisante de sueur et se tortille comme un ver au bout d'un hameçon. Ses yeux s'intéressent au mari saucissonné; elle mérite la noyade: je vais la pousser dans le Niagara de l'orgasme. Elle va se faire engloutir, puis ça sera mon tour.

Plus que deux ou trois secondes: elle s'est trahie en me lançant un débris de regard. Ça y est! Elle se contracte et tout son corps se cabre. Son vagin s'anime et trait mon pénis, sans que je me laisse aller à lui livrer la substance de mon pis. Sa bouche est grande ouverte, mais pas un son ne sort. Sa tête se renverse jusque dans son dos. Puis, elle se redresse et m'agrippe. Son bassin se met à bouger comme un malaxeur; elle brait comme un âne. Le temps se fige et implose. L'ouragan s'apaise.

Je la soulève pour la mettre à quatre pattes, face à son mari. Son cul offert à moi. Je crache entre ses fesses et lui détends l'anus avec mon pouce. Je la sens fébrile et ravie. Elle lance des petits cris bandants chaque fois que j'enfonce mon doigt. Je m'approche et je remplace mon pouce par ma queue. Elle frétille un peu et devient immobile. Son corps se couvre de chair de poule.

Lentement, dans un léger mouvement de va-et-vient, j'écarte les plis serrés pour enfoncer mon dard dans ses intestins. J'y travaille pendant de longues minutes avant de m'y installer au complet. J'ai tout mon temps. Elle laisse échapper des plaintes soumises, elle sait qu'elle est l'instrument de mon seul plaisir.

Ça glisse bien maintenant, elle ne résiste plus. Je couvre ses fesses de mes mains pour bien les diriger, pouvoir la garder dans le bon angle et aller aussi profondément que je le veux.

Je t'encule, je te sodomise... Et ton mari aussi. Mais lui n'a pas l'avantage d'en retirer du plaisir.

Je vais éjaculer bientôt; je me retire de son égout paradisiaque. Je la saisis par les cheveux en me levant sur le lit et je la tourne face à moi. Je serre sa chevelure assez fort pour lui faire mal; elle ouvre la bouche, je lui plante ma queue dedans, jusqu'au fond de ses amygdales.

Comme une bonne chienne, elle se met à tout nettoyer. Elle me suce avec abandon. La salive déborde et coule le long de ma verge, sur ses seins, sur mes jambes, ou s'étire en longs filets entre son visage et mon bas-ventre. Puis, elle se met à me branler au-dessus de sa bouche ouverte et à chatouiller mes testicules, sa langue sortie en guise de coussin pour mon gland. Elle est plus belle que la beauté et prête à accueillir une ration d'un mois de sperme...

La réaction en chaîne est amorcée; je ne contrôle plus mon plutonium. Je me dissous dans la frénésie électrique des molécules. Je vais engloutir ton Japon avec mon Hiroshima d'amour...

CHAPITRE 14

Où le mari passe un pire moment
que dans les cinq chapitres précédents...
(3 juillet; 10 h 10)

Dix milliards d'humains morts sous la torture revivent en moi leurs pires souffrances, pendant qu'autant de jets colossaux de semence inondent le visage et la bouche de ma femme; des jets qui me brûlent l'âme comme de l'acide. Elle en est affreusement défigurée: un fantôme de l'opéra décadent englouti par un raz-de-marée de yogourt. Elle n'a jamais fait tout ça pour moi...

Je voudrais être mort... Peut-être que je le suis et que ceci est l'enfer; et ça ne finira jamais.

Ils se lèchent le visage et enlacent leurs langues. Ma femme étire un bras pour sortir une paire de gants noirs et un objet rond de sous la table de chevet. Elle donne les gants au mec, qui les enfile. Puis, elle se dirige vers moi avec la boule; je sais ce que c'est: le dodécaèdre...

«Tu reconnais ça! Je l'ai pris dans le coffre sous la fontaine, avec ton argent et le reste de tes bibelots précieux. J'en ai assez pour vivre comme une reine un bon bout de temps.»

Elle se tourne vers l'homme nu et lui donne le dodécaèdre. Il le prend et le serre fort dans sa main droite gantée. Le coup part, mais pas dans la direction que j'avais anticipée.

Le poing s'écrase sur l'œil et la joue de ma femme avec un bruit sec. Elle tombe en bas du lit et atterrit sur un poignet qui se plie dans le mauvais sens en craquant. Des larmes coulent sur son sourire forcé. L'homme est déjà sur elle et la frappe encore au visage.

Il couvre sa bouche d'une main en serrant sa gorge de l'autre. Elle étouffe et commence à se débattre. Il serre plus fort, avec une insistance pressée. Puis (quand j'aurais pu croire qu'elle allait crever), il arrête, se relève, et va s'asseoir calmement sur le lit en regardant la scène, comme si de rien n'était.

Ma femme tousse et crache des filets de bave teintée de sang. Après quelques secondes à chercher son souffle, elle se redresse, toute rouge, haletante, un côté du visage tuméfié d'enflures colorées en pleine expansion.

Elle semble ravie à travers son sourire de vampire repu. Elle titube vers le salon en laissant une piste de gouttelettes rouges; Petit Poucet psychopathe. Elle revient un instant plus tard et se dirige vers moi, un bâton de baseball entre les mains.

«Pour continuer ce que je te disais tout à l'heure: tu m'as emmenée ici pour me tuer, et tu as presque réussi... Mais je me suis débattue et j'ai pu attraper ce bâton, pour me défendre.»

Elle s'approche à quelques millimètres de mon visage et enfonce le bout du bâton dans mon estomac.

«Je vais t'amocher salement... Ensuite, on fera un petit ménage et je prendrai l'auto pour aller prévenir la police. Et ne t'imagine même pas que tu pourras leur raconter ta version, quand j'en aurai fini avec toi, tu ne pourras ni parler ni écrire pour un bon bout de temps.»

Elle lève la batte à bout de bras et je perçois une force innommable dans son regard, que je n'ai jamais vue avant.

Le bois fend l'air et fait éclater les os de ma main gauche. Un rayon de douleur aiguë remonte mon bras et explose dans ma tête. Et encore, et encore... Plus je tente de crier, plus j'étouffe dans mon bâillon. C'est le tour de l'autre main, je l'entends se briser; j'entends les phalanges se rompre, les veines se déchirer; peu à peu, une sorte de chaleur envahit mon corps et domine timidement l'intolérable souffrance.

Elle fait une pause.

«Et maintenant, on complète le tout.»

Comme un joueur de base-ball professionnel, elle se met en position: légèrement accroupie, penchée vers l'avant, la batte sur l'épaule. Elle ajuste son mouvement à la hauteur de ma tête, prend son recul et... La massue d'érable décrit un demi-cercle puissant de son dos à ma mâchoire, qui ne résiste pas au terrible élan. C'est comme si une bombe remplie de gravier sautait dans ma bouche. Je ne sens plus rien en dessous de mon nez, et voilà la batte qui revient.

Elle passe et repasse. Puis...

Plus rien. Je n'ai ni mal, ni faim, ni soif, ni froid. Je suis en sécurité ici. Je n'ai pas de désir; pas de peur.

CHAPITRE 15

Où la jeune femme rencontre un enquêteur
au poste de police...
(7 juillet; 14 h 21)

Huit chaises, une grande table et un miroir sans tain, dans une grande pièce vert caca. C'est moi qui ai demandé ce rendez-vous. Le policier en civil, un de ceux que j'ai aperçus pendant l'incendie, est assis en face de moi. De temps à autre, il consulte un dossier volumineux ouvert devant lui. Quand il me regarde, je vois qu'il est sensible aux mauves, aux noirs et aux rouges qui mappemondent mon visage. Quelle touchante compassion! Il me parle tout doucement, comme à un enfant malade qu'on ne veut pas faire sursauter.

«Tous les indices et les témoignages corroborent votre déposition. Pour l'instant, c'est un dossier béton! Mais votre mari est encore comateux. Il faudra attendre qu'il soit suffisamment rétabli pour l'inculper formellement. Ça risque de prendre un certain temps. Les médecins doivent reconstruire sa mâchoire, et sa main droite devra probablement être amputée.»

Je feins l'angoisse, mais pas trop.

«J'ai eu tellement peur; je l'ai frappé jusqu'à ce qu'il ne bouge plus... C'était affreux... Et ma fille... Pourquoi ma fille? Elle n'avait rien à voir là-dedans... C'est ma faute.

— C'est pas votre faute, on en a déjà parlé. C'est clair: c'est lui qui a craqué... Mais on ne peut plus revenir en arrière. L'important, c'est que vous soyez saine et sauve. C'est fini maintenant...

— Non, ce n'est pas fini. J'en peux plus... Il faut que je parte un peu... Juste une semaine; juste pour changer d'air et me remettre les idées en place. Tout ce que je vois ici me fait revivre tout ça...

— C'est contre la procédure, mais je pense qu'on peut arranger ça... Par contre, il faut qu'on puisse vous joindre en tout temps. Savez-vous où vous voulez aller?

— J'ai eu mon congé de l'hôpital ce matin. Je vais faire des téléphones, pour trouver quelque chose au soleil. Je veux juste m'isoler dans un hôtel, ailleurs. Je vous donnerai les coordonnées avant de partir...»

Il acquiesce d'un mouvement navré de la tête. Quelle touchante, et utile, compassion. Même s'il découvrait éventuellement la vérité, il serait trop tard. De toute façon, il n'en connaîtrait qu'une partie: celle dont l'illusion n'aurait plus de réalité.

CHAPITRE 16

Où le tatoueur vogue avec félicité
sur les flots bleus de l'océan...
(11 juillet; 11 h 11)

Trente-trois degrés au soleil. Le catamaran file à dix nœuds sur les dos d'âne océaniques. Quoi qu'elle en dise, elle se débrouille drôlement bien à la barre; on n'a pas l'impression que c'est la première fois qu'elle pilote un de ces engins.

Moi, j'obéis; je suis son matelot dévoué. Nous sommes seuls et bercés par la vie. On croise une tortue géante à bâbord; des dauphins s'amusent ponctuellement dans l'étrave ou autour de la coque. Ils sont encore plus fascinants qu'à la télé. Si seulement j'avais une carabine...

Tout se passe si bien, et si facilement quand on paye comptant. On a acheté nos billets, séparément, sur des vols différents. On a loué nos chambres dans des hôtels voisins. Entre deux baises, ma belle nous a fait faire de faux passeports; elle a acheté ce catamaran de douze mètres, tout équipé; elle a soudoyé je ne sais quels fonctionnaires 'pour modifier les immatriculations du bateau et masquer notre fuite (la police de chez nous ne manquera pas de lancer des avis de recherche lorsqu'elle constatera que Madame ne revient pas de vacances).

Une vraie pro, et tout ça en trois jours! Vive les régimes politiques corrompus!

Puis, hier matin, nous avons levé l'ancre pour une petite expédition de deux jours inscrite dans les registres. Une excursion banale de laquelle nous ne reviendrons jamais. Selon la version officielle, le voilier aura sombré au large. En fait, nous mettons le cap sur Gibraltar, nous voguerons jusqu'à la Méditerranée pour renaître. Un nouvel amour, une nouvelle vie, une nouvelle identité, plein de fric...

Quand tout le monde me croira mort, la banque n'aura qu'à se servir dans mes affaires pour se rembourser. C'est à peu près kif-kif. Personne ne regrettera le roi du tatouage.

Le roi est mort; vive le roi!

Comme c'est bon le soleil qui me chauffe la peau. Ça fait tellement de bien d'être presque nu et actif physiquement; de sentir l'air salin et les caresses du vent chaud. Les bruits de l'océan m'enveloppent dans leur cocon cacophonique.

Mon capitaine en bikini me fait un signe: c'est l'heure d'un autre Cuba libre. Et pour moi, ce sera du rhum agricole, versé en filets sur sa papaye.

CHAPITRE 17

Où le mari reprend conscience
et prend conscience de sa situation...
(11 juillet; 14 h 14)

Deux heures encore avant ma prochaine injection de Demerol. Deux heures encore avant de ne pas souffrir malgré tout. Je dois avoir deux kilomètres de broche dans la gueule et des tubes partout. Je n'ai plus de main droite et mon bras gauche est plâtré jusqu'à l'épaule. Ils m'ont quand même menotté une cheville au pied du lit.

Derrière les brumes analgésiques, les médecins et les policiers se succèdent à chaque clignement de mes paupières. J'ai l'impression d'assister impuissant à une cérémonie de sacrifice en mon honneur. Une ridicule parade de diagnostics et de mises en accusation. C'est presque drôle; j'en mourrais de rire...

Et pas moyen de communiquer. Mais ils ne perdent rien pour attendre. Surtout, *Elle* ne perd rien pour attendre. J'ai des relations; des types dangereux qui ne demandent pas mieux que de profaner une belle femme et faire des tranches à fondue chinoise avec la chair de son visage. Je voudrais qu'elle subisse quelque chose de pire que ce qu'elle m'a fait, si Lucifer peut m'inspirer un tel projet.

En attendant, je ne suis pas sorti de l'auberge. Ils me prennent pour un criminel meurtrier. Ils devraient

regarder plus loin que le bout de leur nez: le vrai criminel n'est pas la personne qu'ils croient. Le jour viendra
où la vérité éclatera au grand jour. Je n'en doute pas une
seconde.

Mon avocat m'a rendu visite tout à l'heure (ou était-
ce hier?). Il me parlait comme à un attardé mental; sûrement à cause du regard débile que me fait porter mon
état. Quand il a entendu parler de l'incendie aux nouvelles, il a appliqué le plan d'urgence dont nous étions
convenus en cas de pépin grave et est allé (avec le géant)
récupérer mes dossiers «sensibles» au magasin.

En revanche, j'ai cru remarquer, dans le ton de sa
voix, qu'il était plutôt pessimiste en ce qui concerne
l'affaire de l'incendie. Il veut faire réduire l'accusation
pour le meurtre de ma fille à «homicide involontaire»
ou plaider la folie temporaire. La vraie folie n'est pas
celle qu'il croit.

Je me sens comme si j'étais encore dans le chalet,
ligoté devant mes propres cauchemars, sans aucune
chance de me réveiller ou de m'endormir.

CHAPITRE 18

Où la jeune femme boucle la boucle...
(11 juillet; 19 h 22)

Vingt-deux millions de petits poils se dressent dans son dos, le long du sillon humide que laisse ma langue en limaçant vers ses fesses. Il est tendu comme un rail, appuyé sur la balustrade, le haut du corps au-dessus de l'eau qui défile. Les éclaboussures mousseuses humectent son torse d'une bruine salée que je récupère avec mes mains pour masser son scrotum.

Le soleil se couche derrière nous et baigne l'univers dans un éclairage d'un jaune orangé improbable. Une couleur qui ressemble aux soupirs d'extase de mon amant pendant que je lui mange le cul. J'écarte ses fesses au maximum pour bien dégager l'arène de mes acrobaties. À chacune de mes vrilles linguales, il se penche un peu plus vers l'avant, au point que d'occasionnelles vaguelettes (plus Tutsi que les autres) lui giflent le visage. Il a les jointures blanches à force de se maintenir dans cette position précaire par la force de ses doigts.

«C'est bon?

— Sublime!

— Alors voici quelque chose qui va vraiment te faire de l'effet!»

Je me relève brusquement en poussant vers l'avant. Le tatoueur s'envole par-dessus bord dans un plongeon disgracieux et s'abîme en faisant un plouf inharmonieux. Il s'éloigne dans l'écume du catamaran. Son regard indescriptible s'ajoute à l'ambiance magique de la nuit tropicale qui naît. Bientôt, il n'est plus qu'un petit point en voie de disparition, vers l'horizon.

Je suis enfin libre; enfin débarrassée des toxines qui empoisonnaient ma vie. Il ne me reste qu'à changer de cap, direction Amérique du Sud, direction nouvelle existence.

Je n'ai peut-être qu'un regret: j'aurais dû le faire jouir avant de le jeter à la mer. Ça aurait été la moindre des choses.

DEUXIÈME PARTIE

CHAPITRE 19

Où le tatoueur a bien de la chance
de s'en sortir (si on veut)...
(11 juillet; 23 h 11)

Quatre heures que je surnage tant bien que mal en battant doucement des pieds et en faisant des cercles avec mes bras. Je commence à avoir des crampes; je sais que je ne pourrai pas tenir longtemps encore. Il n'y a que de l'eau partout autour et, surtout, en dessous.

C'est l'eau d'en dessous que je crains le plus: elle est profonde, elle est sombre, elle contient peut-être des créatures géantes, connues ou inconnues, qui pourraient surgir à tout moment et rendre nuls tous mes efforts. Nu comme un ver dans les flots noirs, je suis un asticot en excursion de pêche.

Cette peur a au moins l'avantage de me faire penser à autre chose que la noyade.

J'ai froid dans le dos d'effroi tout à coup!

J'entrevois une masse sombre sur la crête d'une vague, à une centaine de mètres devant moi. Elle disparaît derrière une vague plus rapprochée, pour réapparaître sur l'arête suivante. Je reste aussi immobile que possible. On dirait que ça nage vers moi, mais au fur et à mesure que la chose se rapproche, je me rends compte que ce n'est pas un effroyable Léviathan carnassier, c'est plutôt un genre de caisse en bois, avec des bouquets d'algues agglutinés dessus.

Je dépense quelques précieux efforts pour atteindre le débris, qui cale et se renverse sous mon poids. Je m'y accroche avec désespoir pour trouver l'équilibre, mais soudain l'objet semble prendre vie et l'eau s'agite en petits bouillons: une armée de petits crabes, de crevettes voraces et de parasites (dissimulés par milliers sur et sous la masse) se mettent à grouiller et à courir sur moi. Je sens leurs petites morsures partout sur mon corps.

C'est comme des piqûres de guêpes. Je me débats et je me frotte pour me débarrasser des bestioles, ce qui me fait couler de plus en plus sous la surface et boire la tasse. L'eau entre dans mes poumons. Il ne faut pas que je cède à la panique. Je dois suivre les bulles pour remonter.

Je ressors à côté du bout de bois, mais dès que je le touche, je subis un deuxième assaut des affamés, quoique moins impressionnant que le premier. D'autant plus que la surprise est passée.

L'adrénaline remplit sa fonction et ma peur fait place à une sauvage détermination de prendre possession de ma seule chance de salut. Je me laisse couler en écrasant les mini-prédateurs, puis je remonte. La troisième vague d'attaques est encore moins forte que la précédente. Je vais les avoir à l'usure. Je suis plus dangereux que ces piranhas du dimanche.

⤸

Sept autres heures se sont écoulées. Le soleil pointe à l'horizon; je suis presque au bout de mon rouleau.

D'accord, j'ai eu largement le temps de prendre le contrôle de ma planche et de savoir comment flotter dessus à peu près sans effort. Mais je commence à m'endormir et à ne plus sentir mon corps. L'hypothermie... Il ne faut pas que je me laisse emporter par le sommeil...

Et pourtant... Je n'ai plus envie de résister. J'ai l'impression de rêver en éveil. Les couleurs du matin tournoient et m'éblouissent. J'entends le chant des sirènes et les trompettes de Neptune. J'entends les voix de ses soldats qui répondent à son appel et sa main qui berce mon radeau. Emmène-moi dans un cocon de songes...

Un seau d'eau froide sur mon visage m'arrache des bras des lamies de l'inconscience. Je suis sur le pont d'un bateau, dur et brûlant. Je n'ai même pas la force d'ouvrir les yeux; à peine celle de reprendre mon souffle. Autour de ma tête, des pas résonnent sur le plancher de métal et se perdent dans un brouhaha de paroles aux mélodies étrangères. Ça sent le mazout et la sueur.

Une gifle cinglante m'indique qu'il est plus que temps d'ouvrir les paupières: une dizaine de matelots sont groupés devant moi et penchés sur mon cas. Ils ont l'air de la bande de pirates dans Astérix, sauf qu'ils voguent sur un cargo de marchandises en mal d'entretien et de peinture. Le genre de paquebot de la longueur d'un jet de pierre, qui sert à transporter des minerais sans valeur.

Je ne comprends rien à ce qu'ils racontent, mais je vois bien qu'ils se demandent ce que je faisais à poil dans la flotte, presque mort.

Celui qui semble être le capitaine (il porte une casquette et fume un trognon de cigarette jaune) s'accroupit près de moi. Il fulmine dans un anglais cousu de fautes.

« What you do here? I see no boat! You no clothes! I don't like! »

Pas facile, le bonhomme. Il faut que je le mette de mon côté.

« Please! Take me to land. My boat sank in the middle of the night. I lost everything. »

« So you no money! You big trouble! I put you back in water! »

Il fait signe à ses hommes. Quatre d'entre eux sortent du groupe et attrapent chacun de mes membres. L'un d'eux est torse nu. Il porte un tatouage au-dessus du sein gauche; un tatouage médiocre de tigre bondissant. Ça me donne une idée!

« No! No! Wait! I can pay! I can do something for you! It's a very good deal! »

Le capitaine lève le bras. Les marins s'arrêtent. Il esquisse un demi-sourire et tète quelques petites bouffées sur sa cigarette.

« What? We fuck you in the ass? »

Tout l'équipage ponctue son mot d'esprit d'un gros rire gras, que j'interromps.

« No! I can make marvelous tatoos! I can do great tatoos for you to pay for the trip. »

Je lui montre le petit dragon que je me suis fait moi-même sur le mollet (c'est mon seul tatouage et il n'est pas piqué des vers). Ses yeux s'illuminent d'une joie sincère et il lance quelques paroles sèches dans la langue des marins, qui m'aident aussitôt à me remettre dans une position verticale approximative.

Le capitaine s'engage sur une passerelle et disparaît dans une écoutille. Mes escortes me traînent à sa suite dans un labyrinthe de petits corridors et d'escaliers en fer, jusqu'à un genre de placard d'un mètre sur deux, à moitié rempli de sacs de riz de vingt kilos. On me dépose dedans sans ménagement. La porte se referme sur moi. La clé tourne dans la serrure.

⌒

Quelques minutes s'écoulent au son du ronron des machines et du grésillement de l'ampoule au plafond. Puis, des voix joyeuses et un tintamarre métallique se rapprochent de ma cellule improvisée. La porte fait clic clac et chante en s'ouvrant. Deux matelots chargés de couvertures, de quelques victuailles, d'une trousse de premiers soins et d'une cruche d'eau se pressent dans l'embrasure et empilent ces trésors à mes pieds.

Le capitaine est derrière eux. Il porte une boîte en bois assez lourde et poussiéreuse, qu'il pose par-dessus les couvertures. Il l'ouvre triomphalement: elle contient un vieux pistolet à tatouer à peine rouillé, un sac d'aiguilles, du désinfectant, des bouteilles d'encre neuves et des produits d'entretien. Je ne m'attendais pas à moins de la part de vrais marins (quoique des épingles eussent pu faire l'affaire).

«*You eat, you sleep now! You start tomorrow... If no good, you swim!*»

La porte est verrouillée de nouveau. De l'eau! De la bouffe! Je vais manger, ensuite je désinfecterai les petites plaies qui me couvrent le corps et je nettoierai le matériel de tatouage avant de dormir. Il ne faudrait pas décevoir mes sauveurs récalcitrants. Pas question de me faire expédier par-dessus bord, j'ai assez nagé pour une vie... et une demi-mort.

Si j'arrive un jour sur la terre ferme, discrètement (autant que possible), je pourrai me consacrer, d'une manière ou d'une autre, à ce qui compte vraiment: retrouver la Lilith qui se cachait derrière Vénus.

CHAPITRE 20

Où le mari est exonéré de tous blâmes...
(21 juillet; 15 h 03)

Vingt et un juillet. Une date à marquer d'une pierre blanche. Le jour où, enfin, je sors de cet hôpital cauchemardesque. Et libre à part ça. J'ai une main en moins, l'autre pend au bout d'un plâtre, ma mâchoire a été refaite et je souffre de migraines sans fin, mais je suis libre!

Les enquêteurs se sont bien rendu compte que ma signature avait été imitée et que mes alibis, concernant plusieurs transactions et factures fournies comme pièces à conviction, étaient solides comme le roc. Il faut dire que, lorsque ma charmante épouse a foutu le camp sans laisser d'adresse, ça leur a mis la puce à l'oreille (et les chiens sont sensibles à ce genre de chose). Mon avocat a pu facilement faire tomber les accusations.

Toujours est-il que l'inspecteur est venu me voir, l'autre jour, pour me présenter ses excuses et me dire que tous les efforts étaient faits pour retrouver ma femme. Malheureusement, puisqu'elle avait traversé la frontière, il fallait avoir recours à des contacts diplomatiques ou internationaux, et ça pouvait prendre du temps. Bref, il s'était fait baiser, tout comme moi, de moins agréable manière que son amant l'autre matin.

Au moins, maintenant que je suis innocenté, je peux retirer les quatre millions de dollars de l'assurance et avoir accès à mes comptes bancaires. Ça me fera un petit coussin pour régler certaines choses avant de reprendre les affaires. Tout était assuré: la maison, mes biens, ma collection (quoiqu'elle soit irremplaçable et largement sous-estimée), ma perte d'autonomie et la mort de ma fille.

Ma fille... Tout ce qu'il reste d'elle maintenant (à part la prime), c'est la petite urne de cendres qu'ils m'ont apportée dans ma chambre d'hôpital. Je ne la quitte plus depuis.

Et me voilà dans une limousine pour infirmes, en direction d'un centre de soins hyper-luxueux. Un hôtel pour estropiés bourgeois. J'aurai ma suite privée, un physiothérapeute privé, de la cuisine cinq étoiles, et tout ce que mon cœur désire.

Et ce que mon cœur désire, c'est arracher celui qui bat dans la poitrine de celle qui devait n'appartenir qu'à moi. Je voudrais le sentir vainement palpiter, puis s'éteindre entre mes doigts.

⌐

Pas mal comme chambre, et les infirmières sont jolies. C'est trop blanc, trop propre, mais ce n'est pas mal: deux pièces ouvertes (salon, chambre) et une salle de bains. C'est très design, très «2001 odyssée de l'espace», avec juste ce qu'il faut de meubles: un grand lit, un sofa, un fauteuil, un bureau, une commode, une table haute et deux chaises, une télé et une chaîne stéréo. En plus, tout ce qui est électrique se contrôle à l'aide d'une télécommande.

En arrivant, j'ai eu droit au petit laïus de la maison et à une copie de mon horaire. On m'a avisé que le souper serait prêt dans une demi-heure; j'ai demandé qu'on m'envoie un tailleur le lendemain; on m'a dit oui, puis on m'a laissé seul.

Je m'installe devant le petit bureau et, de ma seule main (jusqu'à ce qu'on me pose une prothèse), je décroche le téléphone et je compose un numéro.

Ça sonne un coup, deux coups, trois coups.

«*Yeah!*

— Viens me voir. Je suis au centre de convalescence près de la marina. Je t'attends, c'est important...»

Il acquiesce, je raccroche. C'était mon ami américain au Stetson. Lui, il pourra m'aider.

Si ma femme a fait comme je crois, elle n'est sûrement pas allée dans un endroit civilisé avec mon magot; elle y serait vite retrouvée. Ni dans un endroit où la culture est radicalement différente. Ni dans un endroit qu'on ne peut atteindre sans plusieurs escales. Non, elle a dû se rendre dans une république de bananes quelconque où on vend l'invisibilité bon marché. Je me trompe peut-être, mais c'est un bon endroit pour commencer les recherches.

Et justement, s'il y a quelqu'un qui connaît bien toute la racaille équatoriale du continent sud, c'est bien mon ami américain: il fait affaire avec tous les pilleurs de sites archéologiques (qui ne sont pas des anges) et il transige avec les cartels de cocaïne pour faire importer ses «bibelots» par les mêmes canaux.

En y mettant le prix, je suis sûr que ça stimulera la curiosité des truands en mal de dollars. Disons, cent mille à qui la trouve. Mais qu'on ne touche pas à un cheveu de sa tête: je veux aller moi-même la tuer. Elle et son chien fidèle. Je vais leur rendre la monnaie de leur pièce.

Je frappe la table de mon moignon, qui résonne de douleur et m'élance jusqu'à l'épaule. J'ai envie de crier, mais si j'ouvre la bouche trop grand, je vais avoir l'impression de m'arracher les joues en tirant sur tous les fils d'acier qui tiennent ma mâchoire en place.

Vite, mon sac, qui contient une petite trousse que j'ai achetée à mon médecin particulier. J'en sors une seringue de morphine prête à l'emploi. Je la plante dans ma cuisse à travers mon pantalon.

Ça fait du bien. La douleur se calme et cède son trône à l'euphorie. Dommage que ce soit en train de devenir une habitude. Et puis, tant pis! J'en ai besoin et c'est tout. Quand je n'aurai plus mal, on verra ce qui arrivera...

Je regarde le vide, là où j'avais une main. Et si je me faisais fabriquer une prothèse avec des gadgets démentiels et sadiques dissimulés dans chaque doigt? C'est le genre de chose que doit faire l'armée suisse dans ses laboratoires secrets (on ne me fera pas croire qu'on n'y invente que des canifs).

Je serais comme un de ces êtres cybernétiques, mi-homme, mi-robot, programmé, peu importent les obstacles, à accomplir inexorablement sa mission au nom de la justice divine. Tiens! Sans rire, il faudra que je me renseigne sur ce que je pourrais faire dans ce domaine-là. Qui sait? Ce que je pensais être un handicap pourrait devenir un excellent atout.

Attends que je te retrouve, ma tourterelle. Je te clouerai les ailes sur la porte d'Hadès.

CHAPITRE 21

Où la femme s'installe au paradis...
(8 août; 10 h 26)

Cinq embranchements s'offrent à moi sur le sentier qui bifurque. Flanquée d'une paire de gardes du corps très sérieux, j'indique aux porteurs, pour la dixième fois en deux semaines, de s'engager sur celui qui est complètement à gauche.

La procession de caisses, de meubles et de gros sacs à pattes s'enfonce en chantonnant dans la jungle tropicale, vers la colline abrupte qui se dresse à travers la verdure étouffante, trois kilomètres plus loin. Sous les charges se dissimulent une douzaine d'hommes et d'adolescents d'une tribu locale, qui ont accepté de jouer les mulets humains pour quelques pesos.

Le fatras qu'ils transportent, vous l'aurez deviné, est destiné à ma nouvelle résidence, au sommet de la colline susmentionnée: un nid d'aigle fortifié de huit pièces, en béton armé, doté d'une immense terrasse. Qui plus est, la construction s'élève par-dessus les ruines d'une petite voûte bâtie par les Aztèques au début du XVIe siècle, beaucoup plus au sud que leur territoire traditionnel, pour cacher leurs trésors les plus précieux des conquistadores (mon mari aurait aimé). Évidemment, la cachette a été vidée depuis longtemps, mais elle a gardé son cachet mystérieux.

Solide et pleine de potentiel (moyennant une touche féminine), cette habitation appartenait à un chef de guérilleros qui a contrôlé la zone pendant des années. Malheureusement, un beau matin qu'il était allé au village pour acheter des herbes au sorcier, il s'est fait descendre par l'armée, et le colonel qui avait mené l'opération a reçu le bunker-villa du vaincu en tribut.

Plus tard, après avoir été démilitarisé, le colonel en question s'est acheté un petit hôtel au bord de la plage, au quai duquel j'ai accosté par hasard il y a trois semaines, au bout de ma traversée. Il m'a accueillie avec la bienveillance bavarde de celui qui sent la bonne affaire.

Après un peu de séduction, beaucoup de rhum, mon bateau, quelques liasses de billets et un sac de pierres précieuses, il a accepté de me vendre cet endroit (où il n'allait presque plus), ainsi que son silence et sa coopération. En prime, il m'a donné un pistolet automatique Beretta 9 mm et mis en rapport avec mes deux acolytes bien baraqués (engagés pour six semaines, jusqu'à l'arrivée d'une relève).

Nous sommes partis tous les trois en hélicoptère au-delà d'un delta, puis au-dessus de la jungle, jusqu'à une petite bourgade puante et délabrée, vivant de l'industrie du caoutchouc que lui amène une rivière.

De là, nous avons pris un bateau qui appartient au colonel et nous avons remonté le courant pendant huit heures, jusqu'à un minuscule village indigène, campé sur des pilotis dans une baie (d'ailleurs, c'est de là que vient ma main-d'œuvre).

Il a fallu ensuite longer en pirogue un affluent étroit, le temps de fumer trois cigarettes, jusqu'à un sentier de chasse, et le suivre pendant une heure, jusqu'ici.

Il manquait beaucoup de choses dans la baraque, mais c'est incroyable tout ce qu'on peut obtenir avec un peu de patience et de l'or, même dans ce perdu paradis (je le dis comme ça parce qu'il est plus perdu que paradis). Il faut avouer que les bons clients sont rares.

La dernière cargaison importante est arrivée ce matin par le bateau qui fait la navette chaque semaine. Ce qui veut dire que, dans quelques jours, je serai entièrement emménagée, et en toute sécurité. Ils peuvent venir, mes ennemis, s'il en reste.

Voilà, on est arrivés au flanc de la colline. Il nous reste une demi-heure d'ascension avant d'atteindre la grille de l'entrée.

⌐

Les porteurs sont repartis et mes deux armoires à glace patrouillent le périmètre: une pente abrupte devant, des falaises tout le tour, un mur de béton de cinq mètres autour du terrain (avec des meurtrières et des barbelés) et un mirador dans un coin.

La résidence, et l'espace qui la sépare du rempart, occupe entièrement le dessus de la petite colline dont le coin le plus ensoleillé a été aménagé en terrasse espagnole (ils ne devaient pas s'ennuyer, les guérilleros). Le tout doit couvrir une surface d'environ neuf cents mètres carrés.

L'intérieur est étonnamment bien éclairé. Chaque pièce comprend un puits de lumière et une multitude de petites fenêtres étroites. La vue est imprenable sur la verte vallée quatre cents mètres plus bas et la rivière brunâtre qui se faufile au loin, vers l'est.

Le salon est immense, la cuisine titanesque, la chambre démesurée, la salle à manger gargantuesque... Bref, c'est grand. Et j'ai engagé des artisans locaux pour peindre tout ça avec des motifs et des couleurs du pays. C'est presque terminé... et du plus bel effet. Tout comme l'étrange et ancienne voûte souterraine (de la taille d'une camionnette) à laquelle je pensais un peu plus tôt.

On y accède par une trappe dans le plancher de la poudrière. L'endroit est parfait pour cacher mon trésor. Non seulement parce que les habitants locaux en ont une peur bleue, mais aussi parce que son accès a été piégé par les Aztèques: une des marches qui y mène déclenche un mécanisme qui fait tomber du plafond une rangée de sept pieux en fer. Il faut être prudent, et une fois dedans, il faut savoir quelle pierre bouger pour trouver le magot. C'est parfait!

⤶

L'astre du jour se presse vers la cime des arbres qui soulignent l'horizon. Tout est calme sur le front ouest. En sourdine, les cris et les chants d'animaux tapissent ma félicité. Les deux gardes sont devant leurs quartiers (une grande pièce à l'arrière de la maison) en train de manger des œufs aussi durs qu'eux.

Je sens que je vais être bien ici, au moins pour une année ou deux. Le temps de laisser les choses se tasser. Ensuite, on verra. Le monde est aussi grand que ma soif de découverte et de liberté.

Quelques petites colonnes de fumée s'élèvent le long de la rivière, là où je devine le village indigène. Ils ont l'air tout droit sortis d'un documentaire, ces autochtones, avec leurs cheveux de geai coupés ras le bol, leurs pagnes et leurs peintures sur le visage. J'éprouve une impression étrange quand je suis près d'eux, pas désagréable mais étrange. Et à les voir me regarder, je pense que le sentiment est partagé.

Il faudra que je me rapproche d'eux. Quelque chose me dit que je pourrais leur faire plus confiance qu'aux hommes du colonel (quoique je n'aie rien à leur reprocher jusqu'à maintenant). Les prochaines semaines m'éclaireront sur tout ça. Il faut que je sois vigilante et que je ne me sépare jamais de mon Beretta.

Je soupèse l'arme. Elle est lourde. Je pointe le guidon vers le mur au fond de la terrasse, sur lequel j'ai fait dessiner une silhouette humaine.

Bang! Manqué!

Bang! Dans la cuisse! Ça doit faire mal...

Bang! Dans la tête! Dis bonjour à saint Pierre...

Les gardes me regardent distraitement m'exercer. Des petites boulettes de jaune d'œuf constellent leur barbe mal rasée.

Bang! Dans les couilles!

Les gardes grimacent et l'un d'eux place sa main pardessus ses organes génitaux. Je souffle sur le bout du canon qui me répond en sifflant.

CHAPITRE 22

*Où le tatoueur attend de s'embarquer
pour une autre traversée...*
(11 août; 11 h 11)

Vingt-deux tatouages majeurs en dix jours, ça a été le prix de mon voyage jusqu'à l'autre bout de l'océan. J'ai dessiné des samouraïs, des femmes, des gorilles, des aigles, des créatures mythiques et des symboles de toutes sortes: un pour chacun des membres de l'équipage et deux pour le capitaine (qui, en plus, a fait payer ses matelots pour mes services). Inutile de vous dire qu'il m'aimait beaucoup au terme du voyage. J'ai même fini par avoir droit à une vraie cabine et l'honneur de partager sa table.

De fil en aiguille, je suis passé aux confidences et je lui ai résumé mon aventure. En marin expérimenté, il m'a donné de précieuses informations. Selon lui, ma coquine n'a pas traversé l'océan seule à bord d'un voilier. Elle aurait plutôt suivi les courants océaniques vers le sud-ouest pour rejoindre la côte. Il m'a sorti des cartes et m'a indiqué, d'après la saison et les vents, la zone la plus propice pour accoster facilement, sans avoir besoin d'une grande expérience en mer. Il aurait été prêt à miser son rafiot sur son hypothèse.

Donc, c'est ma prochaine destination. Je m'embarque demain soir sur le bateau d'un cousin du capitaine pour m'y rendre. J'y travaillerai comme aide-cuisinier et je pourrai augmenter mon salaire en faisant des tatouages, vu qu'on m'a «généreusement» donné le vieux pistolet pour me remercier.

En attendant, j'ai du temps à perdre dans les rues humides qui ceinturent le port. J'ai envie de me soûler. Des prostituées me reluquent au coin d'une rue. Hélas, je n'ai vraiment pas envie de jouer à ça.

Si je voulais philosopher, je me dirais que le but qui mène ma vie en ce moment n'est plus le sexe et l'argent, mais bien la vengeance et la mort. Alors, je préfère ne rien me dire du tout.

Voilà un bar. J'entends une bouteille qui m'appelle.

⤳

J'engloutis mon huitième double cognac. La pièce tourne comme un carrousel. Les tables autour de moi montent et descendent comme des chevaux de bois, enfourchés de temps à autre par les bribes des conversations de mes voisins. On dirait des incantations païennes. Le serveur, un petit nerveux efféminé, commence à me regarder d'un drôle d'œil quand je lui fais signe de remplir mon ballon de nouveau.

Il lève les yeux au ciel et saisit une bouteille derrière le comptoir. Il se dirige vers moi, en ramassant au passage un seau en plastique qu'il dépose à côté de moi avant de faire couler le Henessy. Il me foudroie du regard, le regard de celui qui pense connaître l'avenir immédiat.

Ma mère aussi avait ce regard-là des fois... Quand elle vivait...

Des images me reviennent en cascade des racines de mon enfance. C'était un soir de février. Ma mère venait de nous border, mes deux frères et moi, dans notre grande chambre à l'étage. J'étais dans mon lit, et les jumeaux superposés dans les leurs. Mon père, un policier corrompu, est arrivé, aussi soûl que je le suis maintenant: il venait d'être licencié pour diverses irrégularités.

Ils se sont disputés. J'ai entendu ma mère crier et courir vers l'escalier qui mène à notre dortoir, puis j'ai entendu une rafale de mitraillette. Mon père venait de la faucher sur les premières marches. Ensuite, il s'est rendu dans la cuisine, en dessous de notre chambre, il a posé le cul de sa M-16 sur le plancher et s'est mis à genoux. En pleurant, il a ajusté le bout du canon sur son palais... et il a appuyé sur la gâchette.

Trois balles ont traversé son crâne, le plafond de la cuisine et les lits de mes frères. L'un est mort sur le coup, le cœur percé, le second a reçu une balle dans le foie. Il hurlait... Il appelait à l'aide... Mais j'ai été incapable de bouger, jusqu'à ce que sa petite voix se taise. Jusqu'à ce qu'il arrête de dire mon nom.

Vite, le seau!

Je dégueule abondamment. Des sueurs froides m'inondent le visage. Au moins, ça me ramène dans ce bar minable. Oh non! Je sens que je vais vomir encore... Pourvu que je me sente mieux après, comme ça, je pourrai continuer à boire.

⤺

Je ne sais plus trop comment, mais j'ai réussi à me rendre dans ma chambre d'hôtel. Je suis là, à poil dans mon lit. Il fait encore jour, timidement. L'air est chaud et humide, comme mes draps. Je cuve mon distillat de «folle blanche».

Ça suffit pour aujourd'hui... Ça suffit pour un bon bout de temps...

Des images en noir et blanc défilent sur l'écran de la télé posée sur une petite tablette, près de la chaise, au fond de la pièce. On y voit un train de marchandises tiré par une locomotive à vapeur, qui file à toute allure sous un bombardement. J'ai déjà vu ce film: les wagons sont remplis de grands chefs-d'œuvre volés par les nazis dans les musées de Paris. C'est *The Train*, avec Brute Lancaster.

Ironiquement, beaucoup de gens meurent là-dedans, des deux côtés, pour des Picasso, des Braque, des Monet... mais, en fin de compte, pas un seul des cadavres aurait de son vivant été capable de saisir le sens de ces tableaux. Dommage pour ces imbéciles.

C'est exactement comme pour l'art d'exister: on oublie trop facilement que ce n'est pas après la mort qu'on peut l'apprécier.

CHAPITRE 23

Où le mari a d'excellentes raisons
d'être de bonne humeur...
(29 août; 17 h 18)

Un doigt qui tue, j'ai un doigt qui tue sur ma nouvelle main droite! Je savais bien que ça pouvait se faire si on trouvait la bonne personne. Et je l'ai trouvée: un vieil artisan chinois qui travaillait pour les services secrets taiwanais.

Il a installé un canon dans l'index avec une chambre de percussion et un chargeur de deux balles dans la paume. Pour le faire fonctionner, après avoir déplié le canon et dévissé le bout, il me suffit de plier le pouce avec mon autre main et de tirer sur mon auriculaire.

Je me sens un homme nouveau, surtout que j'ai pu sortir du centre de convalescence la semaine dernière. À titre de résidence temporaire, j'ai loué une suite dans un palace du centre-ville. Je chercherai plus tard une maison qui me convient.

Je soulève distraitement une paille en argent sur le coin du secrétaire et je me penche pour inhaler une ligne de poudre blanche de la grosseur d'une retaille d'ongle. De l'héroïne, blanche, la meilleure qualité. C'est plus agréable que la morphine et je n'ai pas nécessairement besoin de me piquer.

Bon, malgré cela, il y a quelques inconvénients: on a tendance à s'endormir et à se gratter les mollets jusqu'au sang. Mais la sensation est tellement merveilleuse... Il n'y a plus de problème; vraiment aucun.

Allez, une autre bouteille de Dom Pérignon pour fêter ça. Le bouchon saute joyeusement pour aller atterrir dans l'autre pièce. Je remplis une flûte; le col déborde en cascades mousseuses sur ma mortelle prothèse gantée. C'est son baptême.

À la porte de ma suite, un toc toc toc retentit.
«Qui est-ce?
— *It's me! I have news for you! Open up!*»

J'ouvre rapidement pour laisser passer un chapeau de cow-boy et le yankee en dessous. Il est agité et se dirige immédiatement vers la bouteille de champagne dont il prend une immense gorgée à même le goulot. Puis, il se tourne vers moi, un grand sourire accroché à ses lèvres.

«*All right!* Je l'ai trouvée! Tu avais raison, elle a fait comme tu pensais, *the bitch!* C'est un de mes contacts là-bas, un colonel retraité, qui m'a dit où elle était. *And get this: he sold her one of his houses in the jungle.* On a juste à aller la cueillir.»

Je siffle mon verre d'un trait.

«Si j'y vais, penses-tu qu'il m'aidera?
— Ça ne sera pas gratuit, *and it can be risky,* mais c'est la meilleure personne à connaître là-bas. *Anyway,* avec tout le cash que je lui ai fait faire, il me doit bien un service. Je l'appellerai ce soir.
— Moi, je vais réserver des billets d'avion pour dans deux semaines. Il faut encore que je me fasse enlever mon plâtre et les broches de ma bouche dans une huitaine. Je veux être au meilleur de ma forme.

— *Sure! Whatever gets you through the night...* Dis-moi, as-tu autre chose à boire que du *bubbly*?

— Regarde dans le bar, il y a du scotch. Tu peux partir avec la bouteille si tu veux.»

⤙

Ça fait quinze minutes que je suis assis sur les toilettes et que ma crotte ne vient pas. Je pense que ce sont les événements de cet après-midi qui me perturbent au point de me constiper. Parlant de perturbation, ils vont être tellement surpris de me voir arriver qu'ils vont en mourir, c'est sûr. Quoiqu'il faudra que je les aide un peu. Tout le plaisir sera pour moi, comme il l'a été pour eux.

Pourtant, j'aimerais bien baiser ma femme une dernière fois avant de l'abattre. Je la ferais jouir en la caressant et en la pénétrant avec mon index-revolver, juste avant de tirer dans ses entrailles. Après, je l'enfilerai et j'éjaculerai dans sa plaie en la regardant trépasser.

Mais quel sort réserverais-je à son amant? Je pourrais toujours lui cureter le cerveau par les oreilles avec un clou rouillé ou tout simplement le descendre d'une balle au cœur, sans gaspiller mon temps ni mon énergie. Je verrai sur place. Je me laisserai guider par l'inspiration du moment.

Ce sera le plus beau jour de ma vie.

CHAPITRE 24

*Où la femme fait l'expérience
de certaines coutumes locales...*
(30 août; 16 h 03)

Trois plumes d'aigle plantées dans un bol de billes d'argent attendent le sorcier du village sur la table du salon. C'est un cadeau pour lui. Moi aussi j'attends, dans un fauteuil. Il devrait arriver d'une minute à l'autre. Il m'a promis une visite et une surprise: un rite initiatique ou quelque chose du genre.

On s'est entendus d'emblée tous les deux. Je le trouve sympathique. Le contact s'est fait tout naturellement au cours d'une de mes visites au village. On s'est regardés, on s'est souri, on s'est compris. Nous allions devenir des amis. Depuis, je lui ai rendu visite tous les deux ou trois jours, je lui ai apporté des petits présents, sans arrière-pensées, jusqu'à ce qu'il me propose cette cérémonie.

Selon ses instructions, j'ai tiré les rideaux, allumé des chandelles partout et je n'ai pas mangé de la journée. Pour mettre un peu d'ambiance, je fais jouer du Brian Eno en musique de fond: *Possible Musics*, avec la trompette étrange de Jon Hassell. Je ferme les yeux un instant.

Quand je les ouvre, le sorcier est là, à quelques pas de moi, souriant, vêtu d'un pagne de brindilles flamboyantes, le visage frais peint, coiffé d'un genre de diadème en plumes d'oiseaux exotiques. Il tient une longue sarbacane qui se termine par une boule et porte un sac en bandoulière, duquel il extrait un sachet. Sans dire un mot, il s'agenouille à mes pieds et me tient la main un instant en me regardant dans les yeux. J'en ressens un immense bien-être.

Je lui montre les plumes et les billes d'argent en lui signifiant qu'elles sont pour lui. Le visage du sorcier s'illumine un instant, puis, mine de rien, il sort du sachet une généreuse pincée de poudre qu'il verse doucement dans la boule creuse à la base de sa sarbacane. Ensuite, il me fait placer les mains en cornet par-dessus mon nez et ma bouche, de façon que je tienne une des extrémités de la sarbacane entre mes paumes, devant mon visage.

Il expire avec bruit en me regardant; je l'imite, jusqu'à exhaler tout mon air... Il lève la main brusquement, et je comprends que je dois attendre son signal pour respirer, d'un coup, à travers mes mains et la sarbacane. Le sorcier s'accroupit et place le trou sur le dessus du réceptacle de poudre devant sa bouche.

Soudain, il baisse la main et souffle de toutes ses forces dans le tuyau. J'aspire le maximum de l'âpre nuage farineux dans mes poumons. J'ai l'impression que je vais étouffer, mais, pourtant, je ne ressens pas le besoin de tousser. Je cherche mon souffle; un goût de muscade et de noisette emplit ma bouche. Mon crâne commence à picoter. Je ne vois plus rien.

Comme un éclair, un courant indéfinissable et irrésistible me traverse; j'ai l'impression que mon âme s'arrache de son écorce de chair.

Avec autant de vérité que lorsque j'étais dans le salon il y a un instant, je suis maintenant debout sur le bord d'une falaise qui surplombe la mer, à gauche, dont je devine les vagues dans la brume, beaucoup plus bas. En face de moi s'ouvre un immense trou carré, sans fond, derrière lequel s'étend un mur de pierre, sculpté de dieux disparus, qui cache la base d'une pyramide en escalier.

Au-dessus du trou, et de la même longueur, un tuyau de cristal du diamètre de ma tête flotte à la hauteur de mes yeux. À l'autre bout, trois boules de feux tournoient en décrivant des arabesques. Quand l'une passe devant l'orifice du cylindre, elle est propulsée au travers et pénètre mon corps sans douleur.

J'entre alors dans une conscience complète des forces de l'univers. J'entends le son du mot qui définit tout, mais qu'on ne peut prononcer sans que son sens nous échappe. L'infinité de l'espace et du temps se joignent en un seul éclair d'illumination. Pusillanime devant ce qui a été et ce qui sera, je deviens inséparable de tout ce qui est.

C'est trop! J'ouvre les yeux pour tenter de revenir à ma réalité, et je vois le sorcier, en face, qui se dédouble à l'infini pour exécuter en même temps toutes les choses que son corps aurait pu lui permettre de faire à cet instant: il pleure, il rit, il hurle, il se lève dans toutes les directions et prend toutes les positions. Je referme les yeux et je me retrouve devant le trou. Le cylindre et le feu ont disparu.

Le vent souffle de plus en plus fort et me pousse vers la falaise. Une bourrasque me déséquilibre, et je tombe vers la mer, de plus en plus vite. J'entre dans le brouillard qui chevauche les vagues et...

Je me retrouve dans mon fauteuil, comme si rien ne s'était produit. Le sorcier n'est plus là, les plumes et l'argent non plus. À la place, il y a un collier de cuir avec une pierre noire et ronde en pendentif. Je le mets aussitôt. Il fait nuit.

Je sors sur la terrasse et je me dirige vers le mirador, un de mes gardes y fait sa ronde. Je monte l'escalier de fer en colimaçon jusqu'à lui.

«Quand est-ce que le vieux est parti?»

Il me dévisage d'un air encore plus ahuri que d'habitude.

«Quel vieux?»

Par réflexe, je pose la main sur le pendentif: il est là. Je sors la tête par la fenêtre du mirador. Le vent m'apporte les échos de chants rituels en provenance du village. Sans rien dire au mercenaire perplexe du colonel, je redescends pour profiter de la nuit chaude sur un banc de la terrasse, sous le feuillage d'un rhododendron. Mon esprit vagabonde...

Distraitement, je tourne les yeux vers la fenêtre de l'appartement des gardes. À la lumière d'une chandelle, je vois l'autre homme en train de se masturber sur son lit en regardant un vieux magazine cochon. Il ne sait pas que je suis là. Quel primate ignorant et dégueulasse.

Je glisse ma main dans mon short, sous mon slip. C'est tout mouillé. Mon clitoris durcit instantanément au contact de mon majeur. Pourquoi ne pas faire la même chose que lui, discrètement, en l'observant?

Dans mon esprit surgissent des images aussi troublantes que mes hallucinations de tout à l'heure: juste à côté de moi, le garde se matérialise et continue son onanisme sans me voir. Mais voilà qu'il commence à se déformer, à enfler. Son corps grossit et son sexe devient démesuré. Ses vêtements se déchirent et l'homme prend l'apparence d'un grand rectangle plat et lisse, avec un pénis géant au milieu.

Le mur d'épiderme s'approche en s'élargissant dans tous les sens, puis se referme derrière moi pour m'emprisonner, tandis que la queue de Titan me remonte entre les jambes et me pénètre. Quelle sensation!

La cage de peau se resserre sur mon corps: des phallus et des langues poussent par dizaines sur sa surface pour attaquer avec précision chacune de mes zones érogènes. Je m'y abandonne.

Leur action se fait plus intense, le mouvement devient plus rapide; ma prison se contracte et se détend au rythme des battements de mon cœur. Elle devient de plus en plus serrée, jusqu'à ce que j'aie l'impression de me confondre avec la masse de chair. Je suis un avec elle.

La pression augmente et pousse mon plaisir au-delà des limites du supportable. Simultanément, j'explose et je jouis.

CHAPITRE 25

Où le tatoueur, fraîchement débarqué,
commence ses recherches...
(2 septembre; 11 h 11)

Neuf. C'est le numéro de ma misérable chambre d'hôtel, dans ce bled latin en retrait d'un delta, petit port de transit pour le caoutchouc craché sur le détour marécageux d'une rivière. Ce n'est pas exactement le Club Med, plutôt le Club Merde. Malgré cela, dans une salle de bains crottée et infestée de cafards, je me prépare tant bien que mal à faire la tournée des bateaux qui naviguent dans le coin, histoire de glaner quelques renseignements, s'il y en a.

Somme toute, la traversée pour venir ici s'est bien déroulée. Entre mes quarts de travail dans les cuisines du navire, j'ai eu bien assez de temps pour tatouer les marins, qui avaient eu de bons commentaires sur moi de la part de l'équipage de l'autre bateau. Si j'additionne mon salaire et ce que les tatouages m'ont rapporté, je me suis amassé près de cinq mille dollars en deux semaines. Assez pour financer mon expédition punitive. Une fois celle-ci achevée, je reprendrai mon dû des goussets de ma belle.

J'ai interrogé au moins quinze personnes sur les quais encombrés. Méfiantes ou sincères, toutes m'ont dit n'avoir jamais vu une demoiselle correspondant à sa description ni en avoir entendu parler.

Du coin de l'œil, je remarque une péniche bondée de ballots et de badauds, qui finit d'accoster à un grand quai. D'après l'enseigne, la carte, les horaires et les prix affichés sur un panneau de l'estacade, je comprends qu'il s'agit d'une navette qui monte et redescend la rivière.

Je cours vers l'embarcation, en bousculant les passagers qui déambulent à contresens. Je saute sur le pont et je grimpe l'escalier vers le poste de navigation, où le pilote me regarde monter d'un air surpris.

«*I need information about a passenger you might have had a month or two ago.*

— *I can't help you... I'm new! It's my second week.*

— *Where's the pilot that worked before you?*

— *He's dying! He caught a mysterious disease... Nobody knows what it is... He thinks it's a spell!*

— *Where is he?*»

Il sort un crayon dissimulé dans sa chevelure grasse et abondante, derrière son oreille, et il griffonne une adresse sur un bout de papier d'emballage de tablette de chocolat. En me le donnant, il pointe son doigt vers le quartier ouvrier, de l'autre côté des entrepôts.

⮌

L'adresse gribouillée était celle d'un mouroir dirigé par des religieuses catholiques. Elles avaient parqué le type dans un cubicule entouré de rideaux, au détour d'un corridor. L'homme est étendu là, allongé sur un lit de camp surplombé d'un crucifix. Il me regarde, silencieux, fiévreux, les joues creuses et les mains noires. Il pue comme s'il pourrissait vivant.

À quelque distance, tournée vers le faisceau lumineux d'une haute fenêtre, une pingouine égrène un chapelet sans se soucier de ma présence. Je tire un petit banc pour m'asseoir près du pilote malade et chuchoter à son oreille.

«I have very strong magic. Answer my questions, and I will make your disease go away.»

Il me regarde d'un air apeuré mais presque lucide. Ses lèvres murmurent le mot *angelo*. Il hoche la tête lentement. Il comprend; je continue:

«Do you know of a rich white woman who might have moved recently in the area you navigated in?»

Il hoche la tête de nouveau, avec conviction, et je sens naître une lueur d'espoir dans ses prunelles, comme dans les miennes. Je sors une carte de la région et je la place au-dessus de lui. Son doigt tremblant remonte la rivière sur une cinquantaine de kilomètres, à partir du port, jusqu'à un coude assez large. Il martèle le papier avec son index à cet endroit, en m'adressant un sourire béat et édenté. Je lui souris aussi.

« Thank you!»

Je me lève et le contemple.

«C'est exactement ce que je voulais savoir, pauvre vieux. Malheureusement, je ne peux rien faire pour ta maladie... *Have a nice death.*»

Sans attendre sa réaction, je tourne les talons et je m'engage dans le corridor. En une quinzaine de pas, j'atteins la porte de sortie et je m'engouffre dans la petite rue, en direction de mon hôtel (qui doit être à environ trois kilomètres d'ici). Juste ce qu'il faut pour savourer ma victoire en marchant. Ma victoire... Bon... C'est sûr qu'il vaut mieux attendre d'avoir tué l'ours avant de vendre sa peau, mais disons que, lorsqu'on sait où l'ours se cache, c'est déjà un gros avantage.

D'après l'horaire que j'ai entrevu sur le quai, j'ai une autre semaine d'attente avant de pouvoir remonter la rivière avec la navette. Je n'ai pas assez d'argent pour louer un bateau à des tarifs usuriers s'il faut que je m'achète tout l'équipement nécessaire pour camper dans la jungle un bout de temps, sans oublier que je dois me procurer une arme ou deux.

Enfin, ça me donnera le temps de me préparer tranquillement et, surtout, de réfléchir.

Je me sens un peu coupable pour le vieux moribond de l'hospice. Dire qu'il pensait que j'étais un ange. Au moins, pendant une minute ou deux, il a cru qu'il allait guérir. C'est toujours ça de pris.

CHAPITRE 26

*Où le mari s'envole vers l'assouvissement
de sa vengeance...*
(12 septembre; 8 h 24)

Deux petits tintements d'une cloche improbable pré-
cèdent l'annonce du décollage; les moteurs de l'appareil
commencent à rugir. J'adore les décollages, c'est ce que
j'aime le plus quand je vais en avion: l'accélération sur
la piste; la pression du corps qui augmente contre le
fauteuil; la sensation de s'arracher du sol et d'atteindre
si rapidement une altitude dangereuse. C'est le seul
moment du vol, avec l'atterrissage, où on a vraiment
l'impression que notre vie ne tient qu'à un fil (ou un
boulon).

J'avais craint qu'on ne me fasse des difficultés aux
contrôles de l'aéroport, à cause de ma prothèse-pistolet.
Mais tout s'est bien passé. La barrière a sonné quand je
l'ai franchie; j'ai dit au douanier, en lui montrant, que
c'était ma main artificielle. Il l'a soumise au détecteur
portatif, pour s'assurer que c'était bien cela qui avait
déclenché l'alarme, puis il a parcouru le reste de mon
corps pour vérifier que je ne cachais pas d'autres objets
métalliques. Il s'est excusé, j'ai ramassé mon sac de
voyage et je me suis dirigé vers ma porte d'embarque-
ment en affectant une moue offusquée.

En plus, j'ai pu dissimuler deux grammes d'héroïne dans un petit compartiment derrière le magasin à balles de ma paume. D'une pierre deux coups. De toute façon, s'il avait fallu qu'on découvre le pistolet, aussi bien qu'on trouve aussi la drogue: quand les offenses se confondent, elles perdent leur importance individuelle.

Le convoi de mes pensées est momentanément dévié par une voix dans le haut-parleur:

«Euh... Ici votre capitaine, euh... Nous atteindrons bientôt, euh, notre altitude de croisière, qui sera de dix mille mètres. Euh, nous allons arriver à destination, euh, dans environ sept heures dix-huit minutes. Euh...»

J'aime bien l'attitude désinvolte des pilotes quand ils s'adressent aux passagers. Un peu comme s'ils présentaient un exposé purement informel. Ils doivent avoir suivi des cours pour parler comme ça. Je les imagine avec leurs femmes: «Euh... Ici votre mari, je vais bientôt, euh, atteindre l'orgasme... Veuillez attacher vos fesses au matelas pendant l'éjaculation de l'appareil et, euh, ne pas vous lever avant l'arrêt complet de mon pelvis... Euh, merci d'avoir voyagé sur les ailes de l'homme...»

Blague à part, j'ai du pain sur la planche. Aussitôt arrivé là-bas, il faut que je monte dans un petit hydravion privé qui me transportera à l'hôtel du colonel. Là, je prendrai quelques jours de repos, le temps de m'organiser. Ensuite, je passerai à l'action pour aller les surprendre et les descendre tous les deux. C'est simple, mais je ne vois pas vraiment d'autre façon de procéder.

Tiens, voilà l'hôtesse de l'air (ou la préposée aux passagers, ou la... je ne sais plus quelle est l'expression politiquement correcte), ça tombe bien, mon verre de champagne est vide, et je reprendrais bien du caviar avant d'aller faire un petit tour aux toilettes pour respirer un peu le fond de ma paume.

‿

Je hais les pays chauds. Dès qu'on sort de l'avion, la chaleur et l'humidité nous tombent dessus comme de la mélasse bouillie. Et en plus, il fallait s'y attendre, le pilote de l'hydravion n'est pas prêt: je devrai patienter au moins deux heures.

L'effet de l'héroïne (quoique je n'en aie pris qu'une dose minime dans l'avion) est plus écrasant qu'il ne le devrait, et j'ai les paupières lourdes, mes yeux se ferment, irrésistiblement, à toutes les cinq minutes. Il faut, chaque fois, que je lutte pendant un instant pour les rouvrir.

Je trouve refuge dans le bar de l'aéroport qui clame à grand renfort d'écriteaux son orgueil de posséder un climatiseur. En mettant le pied dans l'endroit, j'approuve leur fierté: la fraîcheur me ravive presque instantanément.

Il ne me reste plus qu'à attendre, en sirotant quelques scotchs bien frais, que le pilote vienne me chercher. À moins que je ne boive du vieux rhum, pour m'imbiber un peu de la culture locale. Il paraît qu'après quelques verres on peut comprendre parfaitement l'espagnol. Ça vaut la peine d'essayer.

Assis à une table près de la fenêtre teintée qui donne sur la piste, un couple de nouveaux mariés se bécote, complètement inconscient de ce qui l'entoure. C'est dégoûtant!

Ces deux-là mériteraient que je les pointe de mon index droit sur-le-champ, mais je pense que c'est beaucoup plus cruel de les laisser souffrir l'un de l'autre. Selon les statistiques, d'ici à trois ans, ils seront tourmentés par l'indifférence et la haine. À moins qu'ils ne connaissent une expérience semblable à la mienne... Raison de plus pour les laisser vivre.

CHAPITRE 27

Où la femme apprend des choses
qui la surprennent énormément...
(13 septembre; 19 h 33)

Huit demi-tons plus rouges que l'orange, le ciel brûle de désir pour la nuit. Mes deux gardes m'attendent devant la porte d'une des huttes de mon ami le sorcier qui semble m'avoir prise sous son aile. Malgré l'avis de mes gorilles qui voudraient ne jamais me voir sortir de ma «forteresse», j'ai accepté l'invitation intrigante qu'il m'a fait parvenir par un enfant ce matin: il aurait des révélations à me faire.

La pièce est ronde. Des boîtes de toutes dimensions sont appuyées sur les murs tressés. En face de moi, le vieux sage est assis en tailleur et tapote une boîte de trente-six petits cigares d'un format qui ressemble étrangement à celui du livre que vous tenez. À côté de lui, un jeune villageois vêtu à l'occidentale (pour signaler qu'il a étudié à la ville) me traduit les paroles de l'ancien.

«Ce qu'il y a dans cette boîte va t'ouvrir les yeux, mais d'abord, laisse-moi te raconter un peu l'histoire de mon peuple: il y a très longtemps, tout en gardant notre fière identité, nous sommes devenus les alliés d'une expédition de puissants guerriers magiques de l'empire aztèque. En échange de notre amitié et du droit de cacher des objets sacrés sur notre territoire, ils nous ont transmis de nombreuses connaissances qui ont assuré notre survie et notre force à travers les siècles. Car l'homme blanc est venu, en commençant par un mystique jésuite, au temps des galions. Il a voulu nous convertir, mais c'est lui qui a perdu sa foi pour devenir un des nôtres. Il était hanté par des visions merveilleuses de symboles remplis de pouvoir, qu'il dessinait ensuite. Nous avons conservé certains de ses dessins.»

Le sorcier soulève le couvercle de la boîte de cigares, d'où il sort un vieux parchemin plié en quatre, qu'il me tend. Je le déplie et, malgré les couleurs délavées et l'encre presque disparue, je devine une roue à trois branches avec un sphinx en haut, un singe à droite et un chien à gauche. Exactement le dessin de mon tatouage, tel que je l'avais vu en rêve! Je suis soufflée! Mais le sorcier ne me laisse pas le temps de digérer cette surprise et continue son récit.

«Par la suite, d'autres Européens sont venus, de plus en plus nombreux, avec des armes de plus en plus puissantes: ils nous ont souvent obligés à plier l'échine. Nous avons joué au chat et à la souris avec ceux qui voulaient nous détruire, nous voler ou nous assimiler. Beaucoup de nos frères et sœurs sont morts, les guerres des autres ont souvent débordé jusqu'à notre forêt. Jusqu'au jour où, il y a dix saisons, des hommes sont venus saccager ma hutte sacrée, ils ont pillé plusieurs trésors que mes ancêtres avaient sauvés de la voûte sous ta maison, dans la colline. Entre autres, un crâne incrusté de pierres représentant Tezcatlipoca, le dieu de la nuit, et un codex consacré au dieu du feu, Huehuetotl.»

Merde! Ces trucs faisaient partie de la collection de mon mari...

«Les dieux m'ont demandé justice... J'ai prié, j'ai imploré l'aide des esprits, et tu es venue après leur avoir rendu leurs biens par le feu et sacrifié une jeune vierge pour les satisfaire. Tu portes la marque de la roue du jésuite sur ton ventre et la colère des Aztèques dans ton regard. Même si tu devais mourir, ton âme sera toujours protégée par la puissance des esprits de la jungle, qui sont nos amis. Tu es la fiancée du bonheur éternel.»

O.K. Mais où veut-il en venir avec tout ça? Le vieil homme semble comprendre mon interrogation et y répond.

«Un homme armé est à ta recherche, il s'est installé dans une clairière à trois kilomètres d'ici, vers la colline, il y a trois jours. Quand il est descendu de la navette, il a posé des questions sur toi, mais personne n'a répondu. Pourtant, je crois qu'il sait que tu es dans les environs et tes gardiens font bien de ne pas vouloir te laisser sortir. J'ai su qu'il a eu des informations au port, en parlant au pilote que j'avais ensorcelé pour avoir souvent aidé les contrebandiers à violer notre territoire. Dorénavant, reste chez toi et prie, tu trouveras une façon de te débarrasser de cet intrus.»

Re-merde! le tatoueur! Il ne manquerait plus que mon mari...

Le sorcier ouvre encore sa boîte de cigares (on trouve toutes sortes de choses là-dedans) pour en sortir une fiole en verre et en argent ciselé. Elle contient quelques millilitres d'un liquide transparent.

«C'est mon meilleur poison. Ça ne goûte rien et ça agit en quelques secondes. Fais-le boire à ton ennemi; utilise la ruse.»

Je saisis la fiole qu'il me tend et j'incline la tête en signe de reconnaissance et de profond respect. Aucune parole ne me vient. Dire que je croyais être au bout de mes peines, j'ai été aveugle ou aveuglée. Mais maintenant, je vois (quoique de manière encore diffuse), et je ne laisserai personne me replonger dans l'obscurité, surtout pas le tatoueur.

Je sors de la hutte rapidement. Je traverse le quai pour sauter dans la pirogue. Mes gardes du corps trottinent derrière moi, placent leurs armes en bandoulière et saisissent les rames. L'embarcation glisse dans la nuit, emportant six yeux inquiets qui scrutent l'obscurité.

CHAPITRE 28

Où le tatoueur observe la villa imprenable...
(14 septembre; 11 h 11)

Six oiseaux de paradis quittent leurs branches en criant et s'envolent vers le ciel. Je n'en ai pas touché un seul. Manier une fronde n'est pas facile, mais je m'améliore de jour en jour. Hier, j'ai atteint un singe. Je ne l'ai pas tué, sauf qu'il va sans doute avoir des migraines pour quelque temps.

Je me suis installé un campement dans une pseudo-clairière rocailleuse, à quelques pas d'un sentier qu'empruntent probablement les indigènes (quoique je n'en aie vu aucun dans les parages). En fait, le secteur est littéralement quadrillé de sentiers semblables. On pourrait croire que les sauvages du coin utilisent exactement les mêmes allées depuis des millénaires.

En tout cas, c'est très pratique, et je peux maintenant m'orienter convenablement. J'ai tracé l'itinéraire à suivre pour me rendre au pied de la colline abrupte sur laquelle se niche ma douce. Ce qui ne me rapproche pas nécessairement de mon but puisque l'endroit me semble imprenable. Je ne l'ai vue sortir de là que deux fois depuis que je suis arrivé. J'ai vu aussi qu'elle est bien gardée et je n'ose pas tenter de me mêler aux travailleurs qui y vont de temps en temps. Je suis si près, et pourtant si loin (comme on dit).

J'imagine qu'aujourd'hui ne sera pas une exception. Encore quelques minutes de marche et j'arriverai à mon poste d'observation: un grand arbre touffu (à environ un kilomètre de son repaire) sur une branche duquel je me suis improvisé une plateforme en brindilles. Il faudra que j'y revienne tous les jours, jusqu'à ce qu'une occasion se présente. Et j'ai bien peur que ça puisse être assez long.

Il n'y a pas moyen d'escalader les murs, et même s'il n'y a que deux gardes, ils sont plutôt balèzes et agissent en vrais professionnels (ce que je ne suis pas). Ce serait trop risqué que d'essayer de les atteindre avec ma fronde ou une balle de ma Winchester; je ne ferais que trahir ma présence. J'aurais dû acheter des grenades, mais au moment où je me suis équipé, ça me semblait démesuré.

Au moins, j'ai bien fait de prévoir des réserves de nourriture et de chasse-moustiques pour un mois. C'est un vrai carnaval des insectes, ici, il y en a de toutes les tailles, formes et couleurs. Mais ça ne m'énerve pas trop depuis l'épisode sur le débris flottant. Je dois même avouer que plusieurs sont assez fascinants à observer. L'endroit serait idéal pour tourner un film là-dessus.

Une autre journée se termine sans rien de nouveau, j'ai les jambes engourdies et il vaut mieux que je rentre à mon campement avant qu'il fasse noir. Le feu est une découverte très utile dont je n'avais pas encore vraiment mesuré les avantages jusqu'à dernièrement.

Demain, c'est mon jour de congé; mieux vaut cultiver ma patience. Je relaxerai dans ma tente et j'approfondirai ma connaissance des sentiers. Et qui sait, c'est souvent quand on s'attend le moins à une opportunité qu'elle se présente.

Une fois en bas de mon arbre, je m'allume un joint pour agrémenter la randonnée de retour. J'ai bien fait d'acheter un kilo de marijuana au port; il n'y a pas que le caoutchouc qui transite par là. Et c'est de la bonne qualité, avec un arôme et des saveurs intenses qui surpassent, à mon goût, les meilleurs havanes. Définitivement, ce sont ces petits cigares-ci que je préfère.

CHAPITRE 29

Où le mari est prêt pour son expédition punitive...
(15 septembre; 6 h 19)

Un hélicoptère se pose sur le court de tennis de l'hôtel du colonel. Lui, les deux mercenaires engagés pour ma mission et moi le regardons soulever des papillotes de poussière dans les rayons du soleil matinal. Nous sommes assis sur la terrasse arrière, fortifiée de moustiquaires, discutant l'itinéraire de la journée qui nous mènera à notre but en début de soirée.

Le colonel (avec qui j'ai eu un meeting privé à la cocaïne hier soir) a décidé de nous accompagner en tant qu'éclaireur et guide, bien qu'il soit surtout motivé par l'idée d'assurer son gain: il me fournit sa présence, ainsi que le transport, l'équipement et les hommes (qu'il a pu largement financer avec sa part de la récompense pour avoir retrouvé ma femme) et, en échange, il reprend son nid d'aigle.

En plus, comme les deux tueurs qu'il a engagés ignorent que les gardes de la colline sont ses employés, il fera abattre ces derniers pour garder leur salaire (payé d'avance par ma femme et déposé en grande partie dans son coffre jusqu'à leur retour).

Aux dires du vieux renard, il sera facile de leur faire ouvrir l'entrée en s'annonçant comme la relève qu'ils attendent d'une journée à l'autre (pour ne pas éveiller de soupçons, il a déclaré aux mercenaires avoir appris ce changement de gardes imminent par ses informateurs, ce qui ne les a même pas fait sourciller).

Quant à moi, évidemment, je pourrai reprendre l'argent et les autres objets qui seront encore en possession de ma femme. En fin de compte, j'aurai exercé ma vengeance, et ce colonel aura bien, lui aussi, profité de l'affaire.

Nous sommes habillés tous les quatre de vêtements militaires kaki. Ça me donne un air viril et martial que je ne me connaissais pas, et j'avoue que j'aime assez trimballer un pistolet-mitrailleur Uzi. C'est rassurant et facile d'emploi. En plus, ça me permettra de conserver les balles de ma prothèse pour les cas d'extrême nécessité.

À la queue leu leu, le corps incliné vers l'avant, nous traversons le court pour nous engouffrer dans l'hélicoptère. J'ai à peine le temps de m'asseoir que l'appareil s'élève à la verticale. J'ai l'impression que ma gorge descend dans mon ventre pour le chatouiller. L'accélération à l'horizontale remet les choses en place.

Nous arriverons à notre première étape, un petit port d'un affluent du delta, plus tard dans la matinée. Nous y déjeunerons avant de poursuivre notre périple sur l'eau.

Un des mercenaires, assis à côté de moi, sort un livre usé de la poche de sa veste. Un livre de poésie: *Michael Robartes and the Dancer*, de William Butler Yeats. Il retire le signet et l'ouvre à la page d'un poème intitulé «The Second Coming». Discrètement, je m'en traduis un extrait en lisant par-dessus son épaule.

Tournant et tournant, élargissant ses girations,
le faucon n'entend plus le fauconnier;
les choses s'écroulent, le centre ne tient plus;
l'anarchie est libérée sur le monde;
une marée obscurcie par le sang s'étend, et partout
la cérémonie de l'innocence est noyée;
les meilleurs manquent de conviction,
    pendant que les pires
sont remplis d'intensité passionnée.

CHAPITRE 30

Où la femme s'adonne à certains préparatifs...
(15 septembre; 10 h 10)

Dix atmosphères de pression me pèsent sur les épaules, il faut que tout soit parfait pour le recevoir. Déjà, j'ai dressé nos deux couverts à chaque extrémité de la grande table en pierre de la salle à manger: une nappe blanche immaculée, de la vaisselle et des ustensiles en argent, des coupes en cristal de trois formes différentes, un chandelier en bronze à huit branches, un panier de fruits multicolores piqué de fleurs (dans lequel j'ai dissimulé mon pistolet). Ça en jette plein la vue! Et c'est le but.

Dans le creux entre le dossier et le coussin de ma chaise, j'ai dissimulé le petit flacon de poison, de façon que je puisse le prendre facilement sitôt qu'une occasion se présentera (ce qui pourrait être à n'importe quel moment du repas, selon ce que la situation prescrira).

Je me rends à la cuisine où je m'affairerai pendant quelque temps: ça ne se fait pas tout seul une dernière cène. Mais avant de mettre la main à la pâte, je vais repasser le menu.

En guise de hors-d'œuvre et pour l'apéritif (quelque chose de classique mais alors là, classique): caviar de béluga et champagne Cristal Roederer 1976. Celui avec la bouteille transparente et le fond plat. C'était le mousseux préféré du tsar Nicolas II, qui l'exigeait de cette façon pour que les terroristes bolcheviques ne puissent pas dissimuler d'explosifs plastiques dans le cul de la fiole.

Pour ce qui est de l'entrée: cannellonis à la pâte de plantain, farcis d'épinards à la crème et de sot-l'y-laisse de quetzal. Le tout nappé d'une sauce au fromage de brebis et aux brisures de noix de kola. Et on va accompagner ça d'un vin jaune Château-Chalon 1924.

L'entremets: granité de baies sauvages, de miettes de jalapeno et de basilic du jardin (tout ça pousse dans un coin de la cour).

Le plat principal, quant à lui, est inspiré d'un mets local: un plat de grosses écrevisses pêchées dans les ruisseaux environnants, que les indigènes appellent «roi des sources». Je les ferai mijoter dans un court-bouillon au vin blanc (j'utilise du chablis), au beurre, aux échalotes, à la tomate et à l'ail (mais pas trop) et je les servirai sur un nid de basmati et ratatouille. Pour boire, une petite touche originale: un vin blanc d'Italie du Nord au caractère unique, *Where the dreams have no end,* d'un producteur nommé Hermann, dont les saveurs intenses ne cessent de se transformer pendant de longues minutes.

La salade: un mesclun de pétales de fleurs tropicales appréciées dans la région pour leurs saveurs et leurs propriétés digestives, servies nature avec quelques gouttes d'huile d'olive de première pression en option.

Le dessert: des papayes mûres bien chaudes constellées de mangue et d'ananas confits, nappées de sirop au miel à l'orange, servies avec ce vin que Frank Sinatra avait qualifié de *too damn sweet!* un Château-Yquem, et rien de moins qu'un 1945.

⌒

C'est le moment de prendre une pause et de sortir dans la cour. De l'autre côté de la grille, comme prévu, trois «guerriers» délégués par le sorcier attendent tranquillement, accroupis sur le bord du sentier. Je me dirige vers eux. Mes deux sentinelles (qui, d'ailleurs, ont bien hâte de se faire relever par d'autres recrues du colonel) nous observent du coin de l'œil avec ennui, l'un sur une chaise adossée au mur de la maison et l'autre accoudé au parapet du mirador.

En me voyant arriver, les trois hommes se sont levés. Ils sont superbes avec leurs couleurs de guerre, leurs sarbacanes et leurs carquois. L'un d'eux s'avance jusqu'à la grille. Je le regarde dans les yeux en lui adressant un sourire, qu'il me rend avec sincérité.

«Allez-y! Emmenez-le ici pour dix-sept heures précises. La tenue de soirée n'est pas obligatoire, il peut venir comme il est.»

Rapides comme l'éclair, ils filent sur le sentier en pente et disparaissent bientôt dans la forêt. En terre civilisée, j'aurais fait appel à un service de limousine mais, ici, c'est le mieux que je puisse faire...

CHAPITRE 31

Où le tatoueur reçoit une invitation
qu'il ne peut refuser...
(15 septembre; 11 h 11)

Deux colibris d'un vert métallique virevoltent près de ma tente. Ils sont attirés par une petite mare de Coca-Cola qui attend l'évaporation sur le dessus d'une canette que je viens de terminer. Ce n'est pas la première fois qu'ils viennent me rendre visite. On est devenus inséparables tous les trois, d'autant plus qu'ils sont beaucoup trop rapides pour que je les écrase, beaucoup trop petits pour que je les abatte à la carabine et beaucoup trop stupides pour que je me creuse les méninges pour trouver une manière de les attraper avec autre chose que le filet à papillons que je n'ai pas. Alors, je me contente de les observer stoïquement comme les insectes dans leur habitat naturel.

C'est quand même un beau coin ici, bien qu'on ne voie pas grand-chose avec toute la végétation autour. Le moins qu'on puisse dire, c'est qu'à défaut d'être luxueux, c'est luxuriant. Le gros inconvénient, par contre, c'est qu'il fait si chaud et humide pendant une partie de la journée qu'on a juste envie de faire la sieste jusqu'à ce que la fraîcheur des orages de fin d'après-midi arrive.

Autre inconvénient, quoique de nature différente: je n'ai pas encore pu m'approcher de ma douce. Il va me falloir employer les grands moyens: ce soir, si la lune est claire, je monterai jusqu'à la grille et j'essaierai d'abattre un des gardes pour provoquer du remue-ménage. Ensuite, je me cacherai et j'attendrai une autre cible. Ce sera de la guérilla, en miniature: harceler l'ennemi, puis se cacher et attendre qu'il s'expose.

Une agréable torpeur m'engourdit, à laquelle j'essaie de résister. Je me laisserais complètement aller si ce n'était les feuilles qui bougent anormalement dans le bosquet près de la grosse souche qui me sert de banc.

J'entends quelque chose souffler; quelque chose siffler; quelque chose me piquer dans le cou. J'ai l'impression que c'est un gros moustique, mais quand je claque ma main dessus, je m'aperçois que c'est une petite fléchette en bois.

En une fraction de seconde, mes muscles se crispent; je n'ai plus de contrôle sur eux. Je suis tout à fait conscient, presque léger et euphorique, mais complètement paralysé. Je reste étendu sans pouvoir réagir, alors que trois rigolos sauvages sortent des feuillages et se dirigent vers moi. Sans même me regarder (ce qui est une bonne nouvelle, puisque ça veut dire qu'ils ne veulent pas me tuer immédiatement), ils se mettent à fouiller la tente et mes sacs et à se servir allègrement. Il fallait bien que je vienne jusqu'ici pour me faire cambrioler.

Mais voilà que l'un d'eux s'approche de moi et m'attache chevilles et poignets au moyen de lianes tressées, puis retourne aider les autres à vider mon campement. Une fois qu'ils ont tout emballé, ils disparaissent par où ils sont venus en ne laissant que moi, attaché, paralysé et plutôt heureux (bien malgré moi).

⌐

Ils sont revenus, juste au moment où l'effet de la flé-chette venait de disparaître; juste au moment où une fourmi commençait à explorer mes narines. Je suis étendu là depuis au moins trois ou quatre heures et je com-mençais à penser qu'on m'avait laissé à la merci de la jungle.

Mais leur retour n'est pas plus rassurant: les trois *stooges* de la forêt passent une longue branche entre les liens de mes pieds et de mes mains, pour me soulever à l'envers, comme une bête. Avant de m'entraîner dans le sentier, un des aborigènes se penche à mon oreille et murmure:

«Manger... Toi...»

CHAPITRE 32

Trente-trois mètres nous séparent de l'entrée de la villa. Je suis essoufflé. Les mercenaires, et même le vieux colonel, sont beaucoup plus en forme que moi (surtout que je me remets à peine des séquelles des derniers événements). J'ai eu de la difficulté à suivre leur rythme pour escalader la pente abrupte de la colline.

Dans la clarté blafarde de la brunante, le garde du mirador a dû reconnaître son patron qui approchait et aller chercher son compagnon, puisque les voilà tous les deux qui arrivent à la grille en courant.

Comme convenu, le colonel et moi restons en retrait pendant que les deux tueurs se dirigent vers leurs victimes, en leur criant, en espagnol, qu'ils sont venus les remplacer. Chacun a un couteau dissimulé dans sa manche, pour égorger discrètement les deux hommes quand ils auront ouvert l'entrée (ce qu'ils sont en train de faire avec empressement).

Mais dès qu'ils commencent à se rapprocher et distinguer plus précisément les traits des gardes, un des mercenaires ralentit sa marche, puis hésite, tandis qu'un des gardes s'anime de joie et de surprise en interpellant le nouveau venu par son nom.

Le colonel me regarde, éberlué.

«*Caramba!* Je suis un imbécile! Ces deux-là sont cousins. Comment ai-je pu ne pas y penser? *Ay!* Ça risque de mal se passer...»

En effet, les *hermanos* se sont rejoints et discutent frénétiquement, avec émotion, pendant que les deux autres restent quelques pas en arrière, de part et d'autre de l'entrée, en se toisant avec méfiance. En quelques secondes, le ton de la conversation change, on sent la colère qui monte. Ils ont compris...

D'un seul bloc, les quatre hommes contrariés se tournent vers nous. Le colonel se met à balbutier en avançant vers ses hommes. Il se force à rire pour tenter de les convaincre que tout ceci n'est qu'un malencontreux malentendu.

À cause de l'importance du vieux militaire dans ce coin du pays, les quatre employés harnachent leur furie pour quelques secondes, mais un des gardes éclate et pousse le colonel par terre en l'insultant. Son compère le retient pendant que l'autre se relève, et l'engueulade reprend. L'agressivité devient palpable.

De nouveau, le colonel prononce quelques paroles autoritaires et la tension redescend, pour remonter aussitôt tandis que la discussion tourne en rond. Impuissant et en retrait, je regarde ces montagnes russes d'émotion, dont les wagons risquent de dérailler à n'importe quel moment.

Il va falloir que j'intervienne. Qu'est-ce que je vais faire, bordel? Je tâte mon pistolet-mitrailleur. Bon, je compte jusqu'à treize et j'improvise...

CHAPITRE 33

Quatre bouteilles d'excellents vins sont une parfaite façon de transformer une situation tendue en soirée agréable et pleine de possibilités. Évidemment, quand les guerriers m'ont emmené mon amant rejeté, celui-ci ne savait pas trop comment réagir, mais je crois qu'il était soulagé de savoir qu'il avait été capturé pour partager un repas avec moi, et non pour être celui d'une tribu secrètement anthropophage.

Toujours est-il qu'il est resté assez morose et silencieux au début. Pourtant, l'alcool, la nourriture et la musique (*Bitche's Brew*, de Miles Davis) aidant, sans oublier qu'il n'avait aucun espoir de fuite, il a fini par esquisser un sourire d'abandon soumis. Je l'ai entendu penser qu'un certain désir de moi persistait en lui, même s'il craignait que je ne lui fasse un coup fourré. Tranquillement, nous nous sommes raconté les aventures qui nous ont menés jusqu'ici.

Nous venons de terminer notre dessert, et j'en suis à le convaincre de me pardonner pour recommencer à neuf. Lentement, la fiole de poison dans ma poche, je me lève et me dirige vers lui. Je pose une main sur l'intérieur de sa cuisse et il ferme les yeux en émettant un léger soupir. Voilà peut-être l'occasion…

«Garde tes yeux fermés.»

Je rapproche mes caresses de son pénis, tout en sortant le poison de mon autre main…

Un cri dehors! Une pétarade! On tire des coups de feu dans la cour, beaucoup de coups de feu! On croirait entendre des marteaux-piqueurs. Je me redresse et retourne à ma place en vitesse. Je dépose la bouteille de poison sous ma serviette de table et je saisis mon Beretta dans le panier de fruits. Le tatoueur est resté assis, il me regarde avec inquiétude tandis que la fusillade cesse brusquement.

Il y a un long silence… Puis, j'entends des pas dans l'entrée de la villa; des pas qui se dirigent lentement par ici. Je pointe mon pistolet en direction de la porte de la salle à manger. Une silhouette apparaît dans le cadre… Un de mes gardes!

Une courte rafale d'arme automatique retentit derrière lui. Il s'écroule. Une ombre s'avance...

Ciel, mon mari!

Je suis si étonnée que je baisse le bras un instant. Il en profite pour pointer un pistolet-mitrailleur sur moi. Il n'a pas l'air content.

«Laisse tomber ton arme!»

J'obéis. Il entre dans la pièce.

«Heureux de voir que vous êtes toujours ensemble. Ah! L'amour… Au fait, ne compte pas sur l'autre garde, j'ai tué tout le monde, même ce sacré colonel qui, soit dit en passant, n'a pas trop hésité à te vendre. Tu aurais dû être plus prudente, c'était un ami d'un ami.»

Le tatoueur intervient.

«Ce n'est pas ce que vous croyez… Moi aussi, je suis comme vous. Elle a essayé de me tuer. Je…»

Je ne dois pas le laisser trop parler, il faut garder la situation opaque.

«Ta gueule salaud! T'as pas honte, mentir pour sauver ta peau?»

Mon mari n'a pas l'intention de se laisser embarquer dans quelque histoire que ce soit.

«Silence! Mettez-vous à genoux, tous les deux, là, dos au mur et face à moi.»

J'obéis de nouveau, tout comme mon complice d'infortune. Je ne peux pas croire que tout va finir comme ça. Mon mari pose son Uzi sur la table et se met à tripoter sa main droite. C'est une prothèse… Il faut croire que je l'ai bien amoché l'autre jour.

Cette fois, par contre, les rôles sont inversés. C'est lui qui tient le gros bout du bâton. Reste à savoir comment il a l'intention de s'en servir.

CHAPITRE 34

Où on voit le tatoueur vivant pour la dernière fois...
(15 septembre; 23 h 11 moins 3 heures)

Trois pas le séparent de nous. Il tripote encore sa main et se campe devant moi en regardant sa femme.

«Tu vas me dire où tu as mis ce qui reste de mon fric et de mes objets précieux. Sinon, je vous descends l'un après l'autre.»

Sans que je comprenne vraiment ce qu'il est en train de faire, je le vois saisir son auriculaire et pointer son index vers moi. Ça me donne une sensation désagréable. La belle intervient, ironique.

«Tu vas le tuer avec ton doigt?

— Précisément! C'est une main très spéciale, elle contient deux balles qui portent vos noms.»

Un frisson me parcourt l'échine. La demoiselle ne sait plus quoi dire. Lui le sait.

«Je compte jusqu'à trois et je le descends...»

Je regarde la femme avec désespoir. Ses yeux fixent le plancher. Le compte à rebours commence.

«Trois...»

J'ai peur. Elle lui jette un regard de mépris.

«Tu n'oseras pas. Tu fais toujours exécuter ta sale besogne par les autres.

— Deux...»

Je crois que ce n'était pas la bonne approche. Si seulement je savais où elle a caché son foutu trésor, elle qui redresse son corps dans une pose de défi.

«Un…»

J'implore.

«Non!»

Je vois une explosion au bout de son doigt: un grand cercle de lumière qui s'agrandit. En même temps, je sens quelque chose de brûlant me pénétrer la poitrine sans effort. La brûlure me traverse le sein gauche pour s'arrêter au centre de mon dos.

J'entends la voix de la femme qui dit «merci» à son mari. Je vois le mari qui me regarde, un sourire dément sur les lèvres. Je sens mon corps s'éteindre comme une machine dont on aurait coupé l'alimentation électrique.

Chapitre 35

Où le mari trouve beaucoup plus que son trésor...
(15 septembre; 20 h 23)

Deux ils étaient, une seule reste. Le tatoueur gît par terre, son corps secoué ponctuellement de soubresauts nerveux. Il a eu son compte; à elle maintenant.

«Bon, si tu ne veux pas crever toi aussi, montre-moi où tu as caché le magot...

— Mais qu'est-ce qui me dit que tu ne me tueras pas si je t'indique où il est?

— Rien...»

Elle hésite un instant, puis esquisse un petit sourire et m'enjoins de la suivre.

Elle traverse la pièce et s'engage dans le corridor pour me conduire au fond de la maison, dans une petite pièce fermée d'une lourde porte. Il y règne une odeur de soufre. Dans un coin, sur le plancher, il y a un gros anneau qu'elle tire pour ouvrir une trappe. Elle saisit une lampe de poche sur une étagère, et j'entre à sa suite dans le trou pour découvrir un étroit escalier en pierre très ancien.

On devine une pièce assez large en bas. Elle descend quelques marches et trébuche. J'ai l'impression qu'elle va tomber, mais... non, elle saute et retrouve son équilibre deux marches plus bas en se tournant vers moi.

«Fais attention, c'est glissant.»

Je continue à suivre l'escalier en prenant bien mon appui à chaque pas. J'arrive à l'endroit où elle a trébuché, je pose un pied sur la marche, la pierre s'enfonce sous mon poids. J'entends un déclic et un rugissement de métal. Des pieux en fer tombent du plafond et me clouent sur place.

Encore cette douleur insupportable qui me traverse l'âme. Un pieu s'est planté dans ma nuque, du côté gauche, pour ressortir par ma hanche droite. Un autre s'est fiché dans mon bras gauche et un troisième s'est brisé dans mon épaule droite.

Ma femme s'approche de moi en dirigeant le faisceau lumineux droit dans mes yeux. Je ne distingue pas ses traits. Je sens qu'on tire sur ma prothèse, qui s'arrache. Puis, j'entraperçois sa main qui appuie sur une des pierres du mur. Aussitôt, les pieux remontent dans le plafond et je m'affaisse en déboulant quatre marches. Le sang gicle de mes plaies, je suis incapable de bouger un seul muscle. Je souffre, et je sens la vie me quitter sans que je puisse la retenir.

Ma femme oriente la lampe sur son visage, par en dessous. Elle est affreuse.

«*Bye bye, my love!*»

Je sens mon cœur arrêter de battre et la douleur me quitter. C'est étrange, je n'ai plus de relation avec mes sensations et mes sens; il n'y a plus rien. Mes soucis et mes souvenirs s'éteignent, ma haine aussi… Ma pensée n'a plus d'endroit où exister, elle crève comme une bulle sur une aiguille.

Je deviens l'hôte du néant.

CHAPITRE 36

Où la femme trinque à sa victoire...
(15 septembre; 20 h 36)

Un ange passe, c'est le silence. Il est mort, et l'autre aussi. Je n'aurais pu espérer régler les choses aussi rapidement et efficacement. Il faut croire que les esprits me protègent vraiment.

J'enjambe le corps de mon mari et je remonte l'escalier pour retourner dans la salle à manger. Chemin faisant, je lance la fausse main qui disparaît en carillonnant dans la grosse poubelle en métal du corridor.

En entrant dans la pièce où gît le tatoueur, je m'aperçois qu'il n'était pas complètement mort quand mon mari et moi avons quitté la pièce. Il a rampé jusqu'à la table et il a tenté de se lever (il y a des traînées rouges sur le plancher et des traces de mains sanglantes sur un pan de la nappe). Il est couché sur le dos, près de ma chaise, les yeux et la bouche ouverts, un bras levé, l'autre plié sur son ventre, le poing fermé.

Je me penche pour ramasser mon revolver sur le sol et je m'approche de lui lentement. Pas de réaction. Je donne un coup de pied sur sa cheville. Pas de réaction. Je m'accroupis pour poser mes doigts sur sa nuque. Pas de réaction... Et pas de pouls non plus. Il est bel et bien mort maintenant. Je me relève et, pour plus de sûreté, je tire une balle dans son thorax. Son corps tangue sous l'impact. Toujours pas de réaction. Excellent...

Je pose mon revolver sur la table et je prends mon verre de Château-Yquem 1945, que j'avale d'un trait. C'est drôle, il ne goûte pas exactement comme tout à l'heure, il est moins gras, moins exubérant. Merde! Je soulève ma serviette de table. Il n'y a rien en dessous.

Je me précipite sur le corps du tatoueur et je saisis le poing fermé sur son ventre. Je lutte avec les doigts qui finissent par laisser tomber un petit objet cylindrique. La fiole de poison! Vide!

Je commence à sentir des picotements dans mes doigts et mes orteils. Je m'assois, étourdie. Je lève les yeux vers la fenêtre de la cour. Le sorcier est là, dehors. Il me sourit et, comme chaque fois qu'il donne cette expression à son visage sculpté par le temps et la douleur, je me sens tout à coup remplie de sérénité.

Je croise mes bras sur la table et je pose ma tête dessus. Je pars.

Ne pas accepter la mort, ce serait penser que l'existence pourrait avoir un autre aboutissement que celui-là.

CET OUVRAGE
COMPOSÉ EN GARAMOND CORPS 14 SUR 16
A ÉTÉ ACHEVÉ D'IMPRIMER
LE VINGT AOÛT MIL NEUF CENT QUATRE-VINGT-DIX-HUIT
POUR LE COMPTE DE
VLB ÉDITEUR.

IMPRIMÉ AU QUÉBEC (CANADA)

Gondolé : 06-04

TACHÉ p 127-128 SP 99.08

Ville de Montréal **MR** **Feuillet**
de circulation

À rendre le

2 4 JAN. 2003		
2 2 MAR. 2003		
1 7 DEC. 2003		
0 9 MAR. 2004		
0 7 AVR. 2004		
2 4 AVR. 2004		
0 8 SEP. 2004		